Christopher Isherwood at
824 Third Street Santa Monica
May 1968

Das Buch

Isherwood beschreibt den 24-Stunden-Tag eines 58jährigen Engländers, der als Literaturprofessor in Los Angeles lebt. Sein Tag beginnt vor dem Spiegel, wo ihn die Vergänglichkeit seines Körpers und die Erinnerung an dessen Jugendlichkeit berührt. »... noch ist das Rennen nicht zuende. Die Kreatur, die wir da vor uns haben, wird weiter kämpfen und kämpfen...« Der Tag beginnt in einem Haus, wo ihn der Gedanke an seinen toten Freund wie ein Schlag in den Magen trifft. Aber George kämpft, um in der Gegenwart zu leben und nicht in der Vergangenheit zu verweilen. Sein Tag wird Schritt für Schritt zu einem hartumkämpften Sieg. Isherwoods Wahrnehmungsvermögen und seine sprachliche Meisterschaft, die ihn zu einem der großen Schriftsteller unserer Zeit werden ließen, finden in seinem Roman ›Der Einzelgänger‹ ihren stärksten Ausdruck.
»Ein einzigartig modernes Werk – das beste, das Isherwood je geschrieben hat.« (Tennessee Williams)

Der Autor

Christopher Isherwood wurde am 26. 8. 1904 in Disley/Cheshire geboren. Seit 1946 war Isherwood amerikanischer Staatsbürger. Er starb am 4. 1. 1986 in Santa Monica/Cal. 1929 kam Isherwood nach Berlin. Sein erster Roman ›All die Verschwörer‹ war ein Jahr zuvor in England erschienen. 1934 verließ er Berlin. Zurück in England schrieb er zwei Romane über seine Berliner Zeit ›Mr. Norris steigt um‹ (1935) und ›Leb' wohl Berlin‹ (1939). Sie bildeten den Stoff für das Musical ›Cabaret‹, einem Welterfolg.

studio dtv

Christopher Isherwood:
Der Einzelgänger
Roman

Aus dem Englischen von Axel Kaun
Mit einem Nachwort von Gerhard Hoffmann

Deutscher
Taschenbuch
Verlag

dtv

Die Übersetzung wurde neu bearbeitet von
Gerhard Hoffmann und Peter Schmittinger

Ungekürzte Ausgabe
Oktober 1991
Deutscher Taschenbuch Verlag GmbH & Co. KG,
München

Umschlaggestaltung: Christoph Krämer
Gesamtherstellung: C. H. Beck'sche Buchdruckerei,
Nördlingen
Printed in Germany · ISBN 3-423-19005-1

Für Gore Vidal

Das morgendliche Erwachen beginnt, wenn man *bin* sagt und *jetzt.* Dann liegt das Wachgewordene eine Weile still, starrt die Zimmerdecke an und in sich hinein, bis es sich wiedererkannt hat und daraus den Schluß zieht: *ich bin. Hier* kommt als nächstes und bringt wenigstens eine negative Beruhigung, weil es sich dort vorfindet, wo es sich vorzufinden erwartet hat: *zu Hause.*

Doch *jetzt* heißt nicht einfach jetzt. *Jetzt* ist auch eine zurückhaltende Mahnung: ein voller Tag später als gestern, ein ganzes Jahr später als letztes Jahr. Jedes *Jetzt* trägt ein bestimmtes Datum, das alle vorangegangenen *Jetzt* veralten läßt, bis dann vielleicht früher oder später – nein, nicht vielleicht, sondern ganz sicher – das Ende kommt.

Furcht zwickt am Vagusnerv. Ein krankhaftes Zurückschrekken vor dem, was da draußen, dem Tode voraus, noch alles wartet.

Inzwischen hat Cortex, der unbeugsame Zuchtmeister, seinen Platz eingenommen und die zentralen Schaltstellen, eine nach der anderen, geprüft: Die Beine lassen sich strecken, das Rückgrat durchbiegen, und die Finger ballen sich zur Faust, um wieder zu erschlaffen. Und jetzt geht an das gesamte Interkommunikations-System der erste Tagesbefehl: AUFSTEHEN.

Gehorsam windet sich der Körper aus dem Bett, zuckt zusammen unter einem stechenden Schmerz im arthritischen Daumen und im rechten Knie, spürt ein leichtes Übelsein vom Magen her und schlurft nackt ins Badezimmer, wo zunächst die Blase entleert und danach die Waage betreten wird: Immer noch über hundertfünfzig Pfund trotz aller Anstrengungen im Sportstudio! Dann tritt es vor den Spiegel.

Was es dort zu sehen bekommt, ist weniger ein Gesicht als der Ausdruck einer Verlegenheit. Hier steht geschrieben, was es sich angetan, was achtundfünfzig Jahre an Spuren hinterlassen haben, ausgedrückt in einem gequälten, abgestumpften Blick, einer vergröberten Nase, einem Mund, der – wie in Verbitterung über die eigenen Giftstoffe – in den Winkeln heruntergezogen ist, eingefallenen Wangen und einem in winzigen runzeligen Falten schlaff hängenden Hals. Der gequälte Blick gehört einem bis zur Verzweiflung erschöpften Renner oder Schwimmer – noch ist das Rennen nicht zu Ende. Die Kreatur, die wir da vor uns haben, wird weiter kämpfen und kämpfen, bis sie fällt, nicht weil sie heroisch ist, sondern weil sie sich eine andere Alternative nicht vorstellen kann.

Während es in den Spiegel starrt, erkennt es vielerlei Gesichter auf seinem Gesicht – das Antlitz des Kindes, des Knaben, des jungen und des nicht mehr ganz so jungen Mannes – sie alle sind noch da; bewahrt und konserviert wie Fossilien auf überlagerten Schichten und ebenso tot wie Fossilien. Ihre Botschaft an diese bei lebendigem Leibe absterbende Kreatur heißt: Blick uns nur an – wir sind gestorben – was ist daran so angsterregend?

Und es antwortet: Aber das ging so unmerklich, so leicht. *Vor dem Gehetztwerden habe ich Angst!*

Es starrt und starrt, die Lippen gehen auseinander, es beginnt durch den Mund zu atmen, bis ihm der Cortexnerv ungeduldig befiehlt, sich zu waschen, zu rasieren, und die Haare zu kämmen. Seine Nacktheit muß bedeckt werden. Ankleiden muß es sich, denn es will ja nach draußen unter die Menschen gehen, und diese anderen Wesen sollen es ja identifizieren können, für sie muß sein Auftreten annehmbar sein.

Gehorsam wäscht es sich, rasiert sich, kämmt sein Haar, denn es nimmt seine Verpflichtungen gegenüber den anderen ernst und ist sogar froh, daß es unter ihnen einen eigenen Platz hat. Es weiß ganz genau, was von ihm erwartet wird.

Auch weiß es seinen eigenen Namen. Es heißt George.

Im bekleideten Zustand ist aus dem »es« ein »er«, ist mehr oder weniger »George« geworden, wenn auch durchaus noch nicht der ganze George, wie ihn die anderen sich vorzustellen und anzuerkennen bereit sind. Wer zu dieser frühen Stunde mit ihm telefonierte, würde staunen, oder es gar mit der Angst zu tun bekommen, wenn er sähe, was mit diesem dreiviertel Menschen los ist, mit dem er da spricht. Aber man kann ihn natürlich nicht sehen, und seine stimmliche Mimikry ist nahezu perfekt. Sogar Charlotte fällt darauf herein, nur daß ihr zwei- oder dreimal die Sache doch unheimlich vorkam, worauf sie ins Telefon fragte: »Geo – ist alles in Ordnung?«

Er geht durch das Vorderzimmer, sein Studio genannt, und steigt die Treppe hinunter. Die Stufen winden sich um eine Ecke, sie sind so eng und steil, daß man mit beiden Ellbogen ans Geländer stößt und den Kopf einziehen muß, auch wenn man, wie George, nur einsneunundsechzig groß ist. Wir haben es hier mit einem aufs knappste bemessenen kleinen Haus zu tun. Oft genug fühlt er sich beschützt durch die Enge; es ist einfach nicht genug Platz da, um sich verloren vorzukommen.

Dennoch...

Bedenken Sie, daß auf diesem engen Raum Tag für Tag und Jahr für Jahr zwei Menschen miteinander gelebt haben, die Ellbogen an Ellbogen nebeneinander am gleichen Kochherd gestanden, sich auf der schmalen Treppe aneinander vorbeigedrückt, und im Badezimmer vor dem gleichen kleinen Wandspiegel rasiert haben, die sich gegenseitig aus Wut oder aus Liebe, bald in aggressiver Sinnlichkeit, bald in plumper Ungeduld beständig geschubst, gestoßen und angerempelt haben! Bedenken Sie, was für tiefgehende, wenn auch unsichtbare Spuren diese beiden Menschen überall hinter sich zurücklassen mußten! Der Durchgang zur Küche ist zu schmal gebaut worden. Zwei Leute in Eile, mit Frühstückstellern in der Hand, mußten hier einfach zusammenstoßen. Und genau hier, fast jeden Morgen, wenn George die unterste Treppenstufe erreicht hat, überkommt ihn plötzlich das Gefühl, er stehe auf einem jäh und brutal abbrechenden Felsvorsprung – so als sei jeder weitere Weg von einem Erdrutsch verschlungen worden. Genau hier hält er unvermittelt inne und ihm wird aufs neue, fast als wäre es zum allerersten Male, bewußt: Jim ist tot. Ist tot.

Bewegungslos steht er still und wartet darauf, daß die Beklemmung weiche. Dann erst betritt er die Küche. Diese morgendlichen Beklemmungszustände sind viel zu schmerzhaft, als daß ihnen mit sentimentalen Mitteln beizukommen wäre. Erleichterung spürt er erst, wenn sie vorbei sind. Es ist wie das Durchstehen eines bösen Krampfes.

Heute wimmeln weit mehr Ameisen als sonst über den Fußboden, von wo sie den Ausguß erklimmen, um den Wandschrank zu bedrohen, in dem er Marmeladen und Honig aufbewahrt.

Mürrisch vernichtet er sie mit einer Flitspritze und stellt dabei folgende Selbstbetrachtung an: Was für ein hartnäckig böswilliger Akt, diese lehrreichen und bewunderungswürdigen Insekten dem eigenen Willen untertan zu machen! So zerstört ein Lebewesen das andere und dies in Gegenwart von Kochtöpfen und Bratpfannen, Messern und Gabeln, Flaschen und Konservendosen – alles Dinge, die im Reich der Evolution gar keine Rolle spielen. Warum, warum? Hat hier ein kosmischer Feind, ein Erztyrann, seine Hand im Spiel, der uns blind machen möchte gegenüber seiner wirklichen Existenz, indem er uns gegen unsere natürlichen Verbündeten, die Mitopfer seiner Tyrannei stellt? Kaum hat George den Gedanken ausgedacht, da sind die Ameisen auch schon tot, mit einem feuchten Lappen aufgewischt und im Abfluß hinuntergespült.

Er macht sich einen Teller mit Rührei und Schinken, etwas Toast und Kaffee zurecht und läßt sich am Küchentisch zum Essen nieder. Dabei geht ihm immer wieder das Wortgeklingel eines Kinderreimes durch den Sinn, den ihn vor vielen, vielen Jahren, als er noch klein und in England war, sein altes Kindermädchen Nanny gelehrt hatte:

Rührei auf Toast ist ein fein Gericht,
Wer's einmal ißt, vergißt es nicht!

(Ganz deutlich sieht er sie vor sich: mit ihren grauen Haaren, den leuchtenden Mausaugen und ihrem dicklichen kleinen Körper, wie sie, kurzatmig vom Treppensteigen, das Frühstückstablett ins Zimmer bringt. Sie beklagte sich immer über die Steilheit der Treppe, die sie »Die hölzernen Berge« nannte – ein magischer Satz aus seiner Kindheit.)

Poached eggs on toast are very nice,
If you try them once you'll want them twice!

Ach, diese herzzerreißend unsichere Geborgenheit jener Kinderfreuden! Der junge Herr George im Genusse seiner Frühstückseier und Nanny daneben mit beruhigendem Lächeln, wachend, daß auch alles, alles gesichert bleibe in ihrer lieben winzigen zerbröckelnden Welt!

Das gemeinsame Frühstück mit Jim gehörte einmal zum Schönsten, was der Tag bescherte. Wenn sie dann bei der zweiten und dritten Tasse Kaffee angelangt waren, hatten sie ihre besten Gespräche. Sie sprachen über alles, was ihnen in den Kopf kam – natürlich auch über den Tod. Ob es wohl ein Leben nach dem Tode gäbe und was es wohl sei, was weiterlebe. Sie diskutierten sogar, ob es besser sei, plötzlich zu sterben oder zu wissen, daß der Tod bevorsteht. Doch heute kann George sich um keinen Preis mehr erinnern, was Jim darüber für Gedanken geäußert hatte. Fragestellungen wie diese sind kaum ernst zu nehmen, sie kommen einem so hypothetisch vor.

Nehmen wir einmal an, daß die Toten die Lebenden wieder aufsuchen, daß also von Jim noch einmal etwas zurückkehrt, um nachzusehen, was George treibt. Würde das eine Genugtuung bringen? Wäre es überhaupt der Mühe wert? Bestenfalls würde sich das abspielen wie die kurze Visite eines Beobachters von einem fremden Stern, dem es für einen kurzen Moment gestattet ist, von der Unermeßlichkeit seiner Freiheit da draußen einen Blick hineinzuwerfen, um aus der Entfernung, wie durch Glas, dann diese Gestalt zu sehen, die für sich allein an dem kleinen Tisch im engen Raum sitzt, um in demütiger Verlorenheit ihre Rühreier zu verspeisen, ein Gefangener auf Lebenszeit.

Das Wohnzimmer ist dunkel und niedrig mit einem über die ganze Wand laufenden Bücherregal gegenüber dem Fenster. Diese Bücher haben George nicht edler und nicht besser oder weiser gemacht, nur daß er eben gern ihren Stimmen lauscht, einmal dieser, einmal der anderen, je nachdem wie ihm gerade zumute ist. Übrigens mißbraucht er sie – ungeachtet der respektierlichen Art und Weise, in der er in der Öffentlichkeit über Literatur zu sprechen hat – gelegentlich ganz rücksichtslos, um sich einzuschläfern, um sich die Zeit zu vertreiben, um seine Blähungen zu beruhigen, um seine Melancholien zu vergessen, um seinen Darm in Bewegung zu setzen.

Im Augenblick nimmt er einen der Bände vom Regal und läßt John Ruskin sprechen:

... ihr habt so gern mit Platzpatronen gespielt, als ihr noch Schulknaben waret, und Schießgewehre und Armstrongs sind dasselbe, nur besser hergestellte Gegenstände ... doch das Schlimmste daran ist dies: was euch als Knaben ein Spiel dünkte, war kein Spiel für die Sperlinge; und was heute Spiel ist für euch, ist weder Spiel für die kleineren Staaten, noch für die schwarzen Adler, die großen Mächte, auf die zu schießen ihr euch, wenn ich mich nicht sehr irre, immer gescheut habt.

Unerträglicher alter Ruskin, du mußt immer recht haben und bist dabei doch so entsetzlich stur und übellaunig mit deinem Backenbart, wenn du über die Engländer herziehst – heute sollst du mir ein idealer Gefährte für die fünf Minuten auf der Toilette sein. George spürt, daß sich in seinem Darm mit angenehmer Dringlichkeit etwas in Bewegung setzt, und so steigt er mit dem Buch in der Hand schleunigst die Stufen zum Badezimmer hinauf.

Während er auf der Brille hockt, kann er aus dem Fenster blikken. (Die Leute von gegenüber können wohl seinen Kopf und die Schultern sehen, aber nicht, was er tut.) Draußen herrscht ein grauer lauwarmer kalifornischer Wintermorgen, der Himmel hängt tief und weich im pazifischen Nebel. Weiter unten an der Küste werden Ozean und Himmel ein einziges weiches trauriges Grau sein. Die Palmen stehen ungerührt, und von den Blättern der Oleanderbüsche tropft die Feuchtigkeit ab.

Diese Straße hier trägt den Namen *Camphor Tree Lane.* Möglich, daß hier früher einmal Kampferbäume gestanden haben, heute jedenfalls sind keine mehr zu sehen. Viel wahrscheinlicher ist, daß dieser Name wegen seines malerischen Klanges von den ersten Stadtflüchtlingen ausgesucht wurde, die diese Kolonie Anfang der zwanziger Jahre gegründet haben, um aus dem schmierigen Los Angeles und dem muffig-snobistischen Pasadena herauszukommen. Von den primitiven Blockhütten und Bretterbuden sprachen sie nie anders als von ihren Landhäusern und verliehen ihnen so niedliche Namen wie *The Fo'c'sle* oder *Hi Nuff.* Ihre Straßen bezeichneten sie als »Schneisen«, »Säume« oder »Pfade«, um jene verwunschene Atmosphäre aus Wald und Wiesen zu erwecken, die sie erschaffen wollten. Ihr Wunschtraum lief auf ein englisches Dorf in subtropischer Umgebung mit Montmartre-Sitten hinaus: ein hübsches Plätzchen, wo der Mensch ein bißchen malen, ein bißchen dichten und tüchtig bechern kann. Sich selber betrachteten sie als eine Nachhut von Individualisten, die ein letztes Bollwerk gegen das zwanzigste Jahrhundert errichteten. Von früh bis spät dankten sie laut und vernehmlich, daß es ihnen geglückt war, der seelenzerstörerischen Geschäftigkeit der Großstadt zu entrinnen. Sie klebten vor Ölfarbe, gaben sich als begeisterte und streitbare Bohemiens, hatten eine unstillbare Neugier für das Tun anderer, und waren grenzenlos tolerant. Bei ihnen wurden Fehden wenigstens noch mit Fäusten, Flaschen und Möbelstücken ausgefochten, aber nicht mit Rechtsanwälten. Die meisten von ihnen waren glücklich genug, um rechtzeitig wegzusterben, ehe die große Wende kam.

Die Wende begann Ende der vierziger Jahre, als die Heimkehrer aus dem Zweiten Weltkrieg von der Ostküste angeschwärmt kamen, um sich mit ihren frischgebackenen Ehefrauen neue bessere Weidegründe im »sonnigen Süden« zu suchen, dem letzten Stück Heimatboden, das ihre Augen zu sehen bekamen, bevor sie für den pazifischen Kriegsschauplatz verladen worden waren. Kann man sich einen besseren Boden zur Fortpflanzung aussuchen als dieses Hügelland? Nur fünf Gehminuten vom Meeresstrand entfernt, ohne jeden Durchgangsverkehr, der die Anzahl zukünftiger Kleinkinder dezimieren könnte. So kam es denn, daß die Blockhütten, von denen einmal der Geruch selbstgebrannten Badewannen-Gins ausging, und die widerhallten von den Versen Hart Cranes, nacheinander einer Armee Cola trinkender Fernsehfanatiker in die Hände fielen.

Die Veteranen selbst hätten sich in diese utopische Künstlerwelt zweifellos ganz gern eingefügt und einige von ihnen hätten vielleicht sogar angefangen, zu malen oder zu schreiben. Doch ihre Ehefrauen erklärten ihnen von Anfang an in unzweideutiger Sprache, daß Kinderaufzucht und Bohèmeleben sich nicht miteinander vereinbaren ließen. Um Kinder in die Welt zu setzen, braucht man eine feste Arbeit, Pfandbriefe, Kredit und eine Lebensversicherung. Und man darf es sich nicht einfallen lassen, zu sterben, ehe nicht für die Zukunft der Familie gesorgt ist.

Und so kam der Nachwuchs auf die Welt, ein Wurf, noch ein

Wurf, und wieder ein Wurf. Aus dem kleinen alten Schulhaus wurde ein licht- und luftdurchfluteter Gebäudekomplex. Der schäbige Kaufladen am Strand wurde zu einem Supermarkt erweitert. Und an der *Camphor Tree Lane* wurden zwei Warnschilder angebracht. Das eine warnt davor, auf keinen Fall die Wasserkresse zu essen, die am Rande des Baches wächst, da dieser verunreinigt sei. (Jahrelang hatten die ehemaligen Koloniebewohner die Kresse gegessen; auch George und Jim haben sie probiert, sie schmeckte ihnen köstlich und nichts ist passiert.) Das zweite Schild – diese sinistren schwarzen Silhouetten auf gelbem Grund – besagt: SPIELENDE KINDER.

Natürlich bemerkten George und Jim das gelbe Warnschild gleich, als sie bei ihrer Suche nach einem geeigneten Haus zum ersten Mal hierherkamen, aber sie ignorierten es, weil sie von Anfang an in das Häuschen verliebt waren. Sie liebten es wirklich, denn es ist nur über eine Brücke zu erreichen, die über den Bach führt; durch die umliegenden Bäume und die bewachsene Steilküste liegt es abgeschnitten von der Umwelt, gleich einem Haus auf einer Waldlichtung. »Wie auf unserer eigenen Insel«, meinte George. Als sie dann noch knöcheltief durch abgestorbene Maulbeerbaumblätter waten mußten, waren sie entschlossen, von nun an alles gernzuhaben. Nach einem flüchtigen Blick in das niedrige, feuchte Wohnzimmer waren sich beide darin einig, wie anheimelnd es abends am brennenden Kaminfeuer sein würde. Die Garage war ganz zugedeckt von zum Teil abgestorbenen Efeugewächsen, wodurch sie doppelt so groß erschien; von innen war sie winzig klein, weil sie noch aus den Tagen des Ford-T stammte. Jim wollte seine Tiere darin unterbringen, ihre Wagen waren jedenfalls beide zu groß, doch die konnte man ja auf der Brücke parken. Allerdings bemerkten sie dann, daß diese Brücke schon ein wenig durchhing. »Na ja, solange wir hier sind, wird sie schon halten«, meinte Jim.

Daß die Kinder aus der Nachbarschaft das Haus genauso wie George und Jim an jenem Nachmittag sehen, darüber besteht gar kein Zweifel. Zottig unter all dem Efeu, düster und geheimnisvoll im Aussehen, entspricht es ganz der Vorstellung, die man sich von der Höhle eines alten Ungeheuers aus dem Märchenbuch macht. In dieser Rolle sieht sich George mit zunehmender Heftigkeit, seitdem er hier allein lebt. Mit ihr wird ein Teil seines Wesens freigelegt, den er Jim nur höchst ungern gezeigt hat. Was würde Jim sagen, wenn er beispielsweise mit ansehen müßte, daß George mit fuchtelnden Armen wie ein Wilder aus dem Fenster brüllt, während Mrs. Strunks Benny und Mrs. Garfeins Joe aus purem Übermut auf der Brücke hin und her toben? (Jim kam immer so leicht mit ihnen aus, er ließ sie die Stinktiere und den Waschbären streicheln oder mit dem Kanarienvogel sprechen – und trotzdem hätten sie es nie gewagt, unaufgefordert über die Brücke zu kommen.)

Mrs. Strunk, die gegenüber wohnt, schilt ihre Kinder von Zeit zu Zeit pflichtschuldigst aus, indem sie ihnen klarmacht, George dürfe nicht gestört werden, weil er ja Professor sei und angestrengt arbeiten müsse. Aber Mrs. Strunk, so sanftmütig sie von Natur aus ist – sanft und müde geworden von all dem Abrackern bei der Hausarbeit, sanft melancholisch in Erinnerung an ihre Karriere als Radiosängerin, die sie aufgegeben hat, um Mr. Strunk fünf Jungen und zwei Mädchen zu gebären –, selbst sie kann sich nicht enthalten, George mit einem beifälligen Lächeln mütterlicher Befriedigung mitzuteilen, daß Benny (ihr Jüngster) neuerdings von ihm nur noch als von »diesem Mann da« spricht, seit George den Jungen vom Hof über die Brücke bis auf die Straße gejagt hat; der Junge hatte mit einem Hammer auf die Haustur eingeschlagen.

George aber schämt sich seiner Wutausbrüche, denn sie sind nicht gespielt. Er verliert seine Beherrschung wirklich und hinterher fühlt er sich vor sich selbst so gedemütigt, daß es ihm den Magen umdreht. Gleichzeitig weiß er ganz gut, daß die Kinder ihn nicht anders haben wollen, im Grunde legen sie es nur darauf an, daß er sich so vergißt. Und falls er sich plötzlich weigern sollte, den Kinderschreck zu spielen, und sie keinen Grund mehr hätten, ihn zu provozieren, müßten sie sich wohl oder übel nach einem Ersatz umsehen. Die Frage aber – tut er nur so oder haßt er uns wirklich? – kommt ihnen nie in den Sinn. Abgesehen von der Figur, die er in ihrer Phantasie spielt, ist er für die Kinder im höchsten Maße gleichgültig. Nur George macht sich darüber Gedanken. Um so mehr schämt er sich jenes Schwächemoments vor einem Monat, als er eine Tüte mit Süßigkeiten kaufte und sie ihnen auf der Straße anbot. Sie nahmen sie, ohne zu danken, während sie ihn verdutzt und neugierig anguckten. Es ist gut möglich, daß er ihnen in diesem Augenblick ihre erste Lektion in Verachtung erteilte.

Mittlerweile ist der alte John Ruskin völlig aus dem Häuschen. »Geschmack ist die EINZIGE Moral!« schreit er mit erhobenem Zeigefinger auf George ein. Der Alte fängt an, ermüdend zu wirken, also schneidet ihm George das Wort mitten im Satz ab, indem er das Buch zuklappt. Weiterhin auf der Brille hockend, hält George durch das Fenster Ausschau.

Ein ruhiger Morgen. Die Kinder sind fast alle in der Schule, bis zu den Weihnachtsferien vergehen noch zwei Wochen. (Beim Gedanken an Weihnachten läuft es George kalt den Rücken hinunter. Vielleicht wird er etwas ganz Extremes unternehmen, nach Mexiko City fliegen, sich dort eine Woche lang betrinken und sämtliche Bars unsicher machen. *Das bringst du ja doch nicht fertig, nie im Leben*, meldet sich eine Stimme mit ernüchternder Kühle.)

Ach, sieh mal an, da kommt Benny, hat den Hammer in der Hand. Er wühlt in den Abfalleimern herum, die zur Leerung bereit auf dem Gehsteig stehen, und zieht eine kaputte Badezimmerwaage ans Licht. Während George ihn beobachtet, fängt Benny an, mit dem Hammer auf die Waage zu schlagen und dabei lustvolle Schreie auszustoßen; er will den Eindruck hervorrufen, als schreie hier die vor Schmerz gepeinigte Maschine. Es ist kaum zu glauben, aber Mrs. Strunk, die stolze Mutter dieses Geschöpfes, brachte es fertig und fragte Jim mit bebendem Entsetzen, wie er bloß diese harmlosen jungen Schlangen mit den Händen anfassen könne!

Da erscheint Mrs. Strunk auch schon auf der Veranda, gerade als Benny den Mord an der Waage vollendet hat und voller Stolz die herumliegenden Stücke betrachtet. »Leg sie zurück!« gebietet sie ihm. »Zurück in die Mülltonne! Gleich jetzt!« Dabei hebt und senkt sich ihre Stimme bewußt zu einem süßen Singsang.

Ihre Kinder anzuschreien, würde ihr nie einfallen, denn sie hat alle möglichen Bücher über Psychologie gelesen und weiß dementsprechend genau, daß Benny zur Zeit seine aggressive Phase durchmacht – nichts ist normaler und gesünder. Sie weiß auch sehr genau, daß man sie um diese Zeit ganz deutlich unten auf der Straße hört, schließlich ist es ihr gutes Recht, gehört zu werden, denn dies ist ja die Stunde der Mütter. Als Benny dann endlich ein paar zerbrochene Stücke in die Tonne zurückgeworfen hat, säuselt sie: »So ist's recht!« und geht lächelnd ins Haus zurück.

Benny strolcht davon, um sich nun drei wesentlich kleineren Kindern zuzugesellen, zwei Jungen und einem Mädchen, die soeben versuchen, ein Loch auf dem Grundstück zwischen den Strunks und den Garfeins zu graben. (Beide Häuser stehen frontal zur Straße und sind, im Gegensatz zu der privaten Zurückgezogenheit von Georges Höhle, nach allen Seiten offen.)

Auf dem Grundstück, unter dem riesigen alten Eukalyptusbaum, hat jetzt Benny das Kommando ergriffen. Er zieht den Anorak aus und wirft ihn dem kleinen Mädchen zum Halten hin; dann spuckt er in beide Hände und ergreift den Spaten. Er spielt den nach vergrabenen Schätzen suchenden Helden vom Fernsehen. Das Leben dieser Kinder heutzutage ist nichts wie ein Sammelsurium aus solchen Nachahmungen, kaum können sie sprechen, fangen sie schon an und singen die Werbesongs nach.

Doch jetzt macht sich einer der Jungen – vielleicht weil Bennys Buddelei ihn in gleicher Art anödet wie Benny die pfadfinderischen Projekte von Mr. Strunk anöden – selbständig und feuert eine Karbidkanone ab. Wegen dieser Kanone ist George schon verschiedentlich bei Mrs. Strunk vorstellig geworden und hat sie ersucht, doch der Mutter dieses Jungen gefälligst klarzumachen, daß dieses Spielzeug ihn langsam an den Rand der Verzweiflung bringe. Aber Mrs. Strunk hat nicht die Absicht, sich in die anarchischen Gesetze der Natur einzumischen. Ausweichend lächelnd erklärt sie: »Solange der Kinderlärm ein *glücklicher Lärm* ist, *höre* ich ihn gar nicht!«

Gewöhnlich hält die Stunde von Mrs. Strunks mütterlicher Allmacht bis in den frühen Nachmittag an, wenn die großen Jungen und Mädchen aus der Schule kommen. In gemischten Gruppen treffen sie ein, von denen sich allerdings die Jungen fast alle auf einmal lösen, um in der maskulinen Stunde des Ballspiels mitzumachen. Lautstark und rauh schreien sie sich gegenseitig an und stoßen, springen und fangen mit arroganter Anmut. Landet der Ball in einem Vorgarten, zertrampeln sie die Blumen, randalieren über Steingärten hinweg und brechen in die Patios ein, ohne daß ihnen auch nur der Gedanke käme, sich zu entschuldigen. Wenn sich ein Auto auf die Straße wagt, muß es anhalten und solange warten, bis sie bereit sind, es durchzulassen – sie wissen ganz gut, wo ihre Rechte liegen. Die Mütter müssen jetzt alle kleinen Bälger drinnen und außer Reichweite halten. Die Mädchen hocken kichernd draußen auf den Veranden, die Augen beständig auf die Jungen gerichtet. Um die Aufmerksamkeit auf sich zu lenken, unternehmen sie die absonderlichsten Dinge. Die Cody-Töchter zum Beispiel befächeln unaufhörlich ihren uralten schwarzen Pudel, als handle es sich um Kleopatra auf dem Nil. Aber sie bleiben trotzdem unbeachtet, sogar von ihren Freunden, denn dies ist nicht ihre Stunde. Die einzigen Jungen, die jetzt mit ihnen sprechen, sind artig und sanft, wie der hübsche, weichliche Doktorssohn, der dem Pudel bunte Bänder in die Locken bindet.

Als Letzte kommen dann schließlich die Männer nach Hause. Und das ist ihre Stunde, und das Ballspiel muß aufhören. Denn die Nerven von Mr. Strunk sind ja dadurch nicht besser geworden, daß er sich den ganzen Tag lang abgemüht hat, ein Stückchen Grundbesitz an eine launische reiche Witwe zu verkaufen, und die Stimmung von Mr. Garfein ist ungewiß nach all den Anspannungen in seiner Installationsfirma für Swimmingpools. Lärm können sie und alle übrigen Mitväter nicht mehr vertragen. (An den Sonntagen spielt Mr. Strunk schon mal mit seinen Söhnen Ball, doch das gehört eben in sein Programm für körperliche Ertüchtigung, und es wird höflich und ernst, aber ohne rechte Freude durchgeführt.)

Parties werden an jedem Wochenende veranstaltet. Man ermuntert die Teenager, auszugehen, zu tanzen und miteinander zu knutschen, auch wenn die Schularbeiten darunter leiden, denn die Erwachsenen brauchen dringend Entspannung und wollen alleine sein. In der Küche bereiten dann Mrs. Strunk und Mrs. Garfein Salate zu, während Mr. Strunk im Patio das Barbecue in Gang setzt, und dort, quer über die leerstehende Parzelle, kommt Mr. Garfein mit einem Tablett voller Flaschen und einem Shaker, um fidel im Tone alter Marine-Corps-Zeiten anzukündigen: »Martinis in Sicht!«

Und zwei, drei Stunden später, nach den Cocktails und dröhnenden Lachsalven, nach den ganz erstaunlich schmutzigen Witzen, den mehr oder weniger heimlichen Versuchen, die anderen Ehefrauen in den Hintern zu kneifen, nach den Steaks und dem Obstkuchen, und während die »girls« – so nennen sich Mrs. Strunk und alle übrigen amerikanischen Hausfrauen selbst und untereinander, bis sie neunzig sind – das Geschirr spülen, kann man auf der Veranda Mr. Strunk und seine Ehemannskameraden mit den Gläsern in der Hand und schwerer Stimme immer noch sprechen und lachen hören. Vergessen sind ihre geschäftlichen Sorgen, jetzt geben sie sich stolz und glücklich. Denn noch der Geringste unter ihnen ist ja Miteigentümer der amerikanischen Utopie vom Königreich des guten Lebens auf Erden – grob nachgeäfft von den Russen, verhaßt bei den Chinesen, die nichtsdestoweniger bereit sind, dafür Generationen lang zu darben, zu hungern und sich politisch säubern zu lassen, in der hoffnungslosen Hoffnung, es zu erben. Ach ja, Mr. Strunk und Mr. Garfein sind in der Tat stolz auf ihr Reich. Doch wie kommt es nur, daß ihre Stimmen den Stimmen der Knaben gleichen, die sich beim Durchstreifen unbekannter dunkler Kellergewölbe gegenseitig Mut zurufen? Weshalb werden ihre Stimmen lauter und lauter, dreister und dreister? Ob sie sich wohl bewußt sind, daß sie Furcht haben? Nein. Und doch fürchten sie sich sehr.

Wovor fürchten sie sich?

Sie fürchten sich vor dem, was sie irgendwo im Dunkel umlauert und jeden Moment im unleugbaren Licht ihrer Taschenlampen auftauchen kann, etwas, was sich dann nicht mehr ignorieren und wegerklären läßt: Der böse Feind, der nicht in ihre Statistiken paßt; das Gorgonenantlitz, das ihre Schönheitsoperationen ablehnt; der Vampir, der das Blut in hörbar unkultivierten Schlucken schlürft; das übelriechende Tier, das keinen Gebrauch von ihren Deodorants macht; das Unaussprechliche, das trotz aller Vertuschungsversuche darauf besteht, daß man es beim Namen nennt.

Abgesehen von vielen sonstigen Schreckgespenstern, sagt sich George, fürchten sie auch meine Wenigkeit.

Mr. Strunk, so vermutet George, würde ihn nur allzugern mit einem einzigen Wort festnageln: *schwul*. Aber weil wir ja mittlerweile das Jahr 1962 schreiben, darf wohl auch von ihm der Zusatz erwartet werden: Mir persönlich ist es ja egal, was er treibt, solange er mich in Ruhe läßt. Selbst die Psychologen sind sich nicht einig darüber, welche Rückschlüsse aus so einer Bemerkung für die vielen Mr. Strunks dieser Welt zu ziehen sind. Tatsache allerdings ist, daß Mister Strunk, einer Fotografie nach zu urteilen, die ihn als Collegestudenten im Football-Dress zeigt, ausgesehen haben muß wie ein Zuckerpüppchen.

Aber Mrs. Strunk – das sichere Gefühl hat George – nimmt sich bisweilen die Freiheit, von den Ansichten ihres Mannes leicht abzuweichen. Denn sie ist in moderner Toleranz trainiert, der Vernichtungstechnik durch Nachsicht. Sie schlägt einfach ihr Psychologiebuch auf – Glöckchen und Kerzen sind nicht länger nötig –, um in einschmeichelndem Singsang daraus vorzulesen, und schon bringt sie es fertig, das Unaussprechliche aus George auszutreiben. Kein Grund für Ekel, stimmt sie an, keine Ursache zu Verdammung. Hier ist nichts vorsätzlich Lasterhaftes am Werke. Das hängt alles von der Erbmasse ab, von frühen Umweltbedingungen (Schimpf und Schande über alle besitzergreifenden Mütter und über diese britischen Schulen mit ihrer Trennung der Geschlechter), von einer gehemmten Pubertätsentwicklung, respektive unterentwickelten Drüsenfunktion. Wir haben es mit einem Kranken zu tun, dem die besten Dinge des Lebens für immer versagt sind, der wohl zu bemitleiden, aber nicht anzuklagen ist. Manche Fälle, rechtzeitig erkannt, *könnten* unter Umständen durch Psychotherapie geheilt werden. Die übrigen aber – ach, es ist zu traurig, vor allem, und das müssen wir uns immer vor Augen halten, wenn es bei wahrhaft wertvollen Menschen auftritt, bei Menschen, die der Welt so viel hätten geben können. (Auch wenn sie trotzdem Genies wurden, sind ihre Meisterwerke zweifelsohne *entstellt.)* Deshalb wollen wir Verständnis zeigen und stets bedenken, daß es schließlich auch die alten Griechen gegeben hat (obschon es sich dort ein bißchen anders verhielt, weil die Griechen ja Heiden und keine Neurotiker gewesen sind). Wir wollen sogar noch weitergehen und zugeben, daß zuweilen etwas sehr Schönes in dieser Art menschlicher Verbindungen liegen kann – besonders wenn der eine Partner bereits tot ist, oder noch besser, wenn beide tot sind.

Wie gut und herzig würde es Mrs. Strunk zu Gesicht stehen, wenn sie über Jim trauern könnte! Aber Gott sei Dank weiß sie von nichts. Keiner von ihnen weiß etwas. Passiert ist es in Ohio, und die Zeitungen von Los Angeles haben kein Wort darüber berichtet. George hat einfach die Nachricht verbreitet, daß die Eltern von Jim, die nicht mehr die Jüngsten seien, seit längerem versucht hätten, ihn zum Nachhausekommen zu überreden, und daß er nun als Ergebnis seiner kürzlichen Besuchsreise für unbestimmte Zeit im Osten bleiben würde. Das ist so wahr wie das Evangelium. Und was Jims Tiere, diese Teufelsboten der Erinnerung, angeht, so hat sie George sofort außer Sichtweite geschafft, denn er hätte nicht einmal den Gedanken ertragen können, sie irgendwo in der Nachbarschaft zu wissen. Auf die Frage von Mrs. Garfein, ob er ihr nicht den Kanarienvogel verkaufen wolle, gab er zur Antwort, er habe sie alle zusammen Jim nachgeschickt. In Wirklichkeit hat sie ein Tierhändler aus San Diego abgeholt.

Und wenn ihn jetzt Mrs. Strunk und die anderen fragen, ob er etwas von Jim gehört habe, gibt er ihnen zur Antwort, ja, natürlich, er habe gerade von ihm gehört und es ginge Jim gut. Aber sie erkundigen sich weniger und weniger oft. Denn eigentlich interessiert es sie überhaupt nicht.

Doch ihr Buch irrt, Mrs. Strunk, wenn es behauptet, Jim sei ein Ersatz für einen eigenen Sohn, für den kleinen Bruder, für den echten Lebensgefährten, für eine richtige Ehefrau. Jim war in keiner Hinsicht ein Ersatz, und deshalb gibt es auch nirgendwo einen Ersatz für Jim.

Ihre Teufelsaustreibung ist also gescheitert, verehrte Mrs. Strunk, sagt sich der auf der Toilette hockende George, als er mit einem verstohlenen Blick durchs Fenster mit ansieht, wie sie soeben den Beutel ihres Staubsaugers in den Mülleimer entleert. Das Unaussprechliche ist noch hier – es ist mitten unter uns.

Verdammt. Das Telefon.

Auch die längste Schnur, die einem von der Telefongesellschaft geliefert wird, reicht nicht bis ins Badezimmer. Also löst sich George von seinem Sitz und schlurft, wie ein Teilnehmer beim Sackhüpfen, ins Studio hinüber.

»Hallo!«

»Hallo – ist dort ... bist *du* es, Geo?«

»Hallo, Charley!«

»Ich meine... ich hab' doch nicht zu früh angerufen, oder?«

»O nein.« (Meine Güte. Schon hat sie's fertiggebracht, ihn zu verärgern. Aber wie kann er ihr fairerweise die Schuld geben an dem Unbehagen, so unabgewischt und mit bis an die Fußknöchel heruntergerutschten Hosen dazustehen? Immerhin muß gesagt werden, daß Charlotte ein gewisses hellseherisches Talent besitzt, stets im falschen Moment anzurufen.)

»Stimmt es auch?«

»Natürlich stimmt es, ich habe bereits gefrühstückt.«

»Ich befürchtete nämlich, du könntest schon auf dem Weg zum College sein, falls ich noch länger gewartet hätte... Ach, du meine Güte, ich wußte ja nicht, daß es schon *so* spät ist... Sag mal, mußt du nicht eigentlich schon längst aus dem Hause sein?«

»Heute ist der Tag, an dem ich nur eine Vorlesung habe, und die beginnt erst um halb zwölf. Meine frühen Tage sind Montag und Mittwoch.« (Das wird ihr im Tonfall nachdrücklicher Geduld erklärt.)

»Ach ja, natürlich! Wie dumm von mir, immer wieder bringe ich das durcheinander.«

(Schweigen. George weiß genau, daß sie etwas auf dem Herzen hat, aber es fällt ihm nicht ein, ihr entgegenzukommen. Ihm sind ihre Vertraulichkeiten in die falsche Kehle gekommen. *Weshalb* tut sie so, als *müßte* sie seinen Stundenplan im Kopf haben? Nur ein erneutes Beispiel für ihr besitzergreifendes Wesen. Außerdem, wenn sie wirklich meint, sie müßte ihn im Kopfe haben, warum bringt sie dann alles durcheinander?)

»Geo –« (ganz demütig), *»könntest* du dich heute abend freimachen?«

»Nein. Fürchte, es geht nicht.« (Eine Sekunde eher hätte er nicht gewußt, was er hätte antworten sollen. Es ist die Verzweiflung in Charlottes Stimme, die ihn so entscheiden läßt. Er ist nicht in der Stimmung, eine ihrer Krisen zu ertragen.)

»Ach, wie schade... Ich befürchtete es gleich, ist ja auch *zu* kurzfristig.« (Ihre Stimme klingt wie betäubt, sehr gefaßt, ohne weitere Hoffnung. Er steht da und wartet auf ein Schluchzen. Es kommt keines. Sein Gesicht verzieht sich vor Schuldgefühl und Unbehagen – letzteres resultiert aus dem zunehmenden Gewahrwerden seiner Verklebtheit und der zusammengebundenen Fußknöchel.)

»Du hast etwas anderes... ich meine, vermutlich handelt es sich um etwas Wichtiges?«

»Es tut mir leid, so ist es.« (Das Schuldgefühl weicht. Jetzt ist er wütend auf sie. Anmachen will er sich nicht lassen.)

»Verstehe, macht auch nichts...« (Jetzt ist sie tapfer.) »Dann werde ich's später wieder versuchen, in ein paar Tagen, wenn ich darf?«

»Natürlich.« (Ach, weshalb nicht ein bißchen netter zu ihr sein, nachdem sie abgeblitzt ist?) »Ich kann ja auch bei dir anrufen.«

(Eine Pause.)

»Well – goodbye, Geo.«

»Goodbye, Charley.«

Zwanzig Minuten später beobachtet ihn Mrs. Strunk, während sie die Hibiskusbüsche vor der Veranda begießt, wie er seinen Wagen rückwärts von der Brücke herunterfährt. (Die ist in letzter Zeit recht wacklig geworden, und sie hofft, daß er sie reparieren lassen wird, denn die Kinder könnten sich verletzen.) Als er im Halbbogen auf die Straße einbiegt, winkt sie ihm zu. Er winkt zurück.

Armer Kerl, denkt sie, lebt immer so allein. Hat ein so nettes Gesicht.

Es gehört zu den Wundern und Segnungen, die uns in Los Angeles das Freeway-System beschert hat, daß man von der Küste bis zum *San Tomas State College* nicht mehr als fünfzig Minuten braucht, anstatt wie früher in den alten gemächlichen Tagen eine fast zweistündige Reise auf sich nehmen zu müssen, um kreuz und quer von einem Stopzeichen zum anderen durch die weit verzweigte Innenstadt und dann weiter durch die dahinterliegenden Vororte hindurchzukriechen.

Für die Freeways hegt George geradezu eine Art Patriotismus. Er ist stolz auf sie, weil sie so schnell sind, daß die Menschen sich auf ihnen verlieren und manchmal sogar in Panik der nächstbesten Ausfahrt zustreben, um sich in Sicherheit zu bringen. George liebt die Freeways so, weil er so ausgezeichnet mit ihnen fertig wird. Und die Tatsache, daß er sich auf ihnen behauptet, liefert ihm den Beweis, ein gut funktionierendes Mitglied der Gesellschaft zu sein.

(Wie jeder, der einen akuten kriminellen Komplex mit sich herumträgt, verhält sich George übergewissenhaft gegenüber allen gesetzlichen Bestimmungen, Verkehrsregeln und städtischen Verordnungen. Wie viele »Volksfeinde« wurden gefaßt, nur weil sie versäumt haben, die lumpigen zwei Dollar für einen Parkzettel zu bezahlen! Noch nie hat er an der Grenze seinen Reisepaß abstempeln lassen oder am Postschalter den Führerschein zur Identifizierung seiner Person hingereicht, ohne daß er sich nicht schadenfroh zugeflüstert hätte: *Idioten – wieder nichts gemerkt!)*

Heute morgen wird er sie erneut zum besten halten, und dies inmitten des tollsten Wagenrennens, das die Metropole kennt – Ben Hur würden die Haare zu Berge stehen, wenn er mit ansehen könnte, wie er immer mit den Besten und Kühnsten von einer Fahrbahn in die andere prescht, nie unter hundertzwanzig fährt, nie die Ruhe verliert, wenn sich ihm ein wild gewordener Teenager ans Heck hängt oder eine Frau (das kommt davon, wenn wir sie immer als erste durch die Tür gehen lassen) ganz kurz vor ihm seine Bahn schneidet. Und die Bullen auf ihren Motorrädern merken natürlich nichts, doch hiermit seien sie gewarnt, damit sie das nächste Mal mit ihren roten Blinklichtern hinterhersausen können, um ihn aus dem Rennen zu nehmen und dann freundlich aber bestimmt in eine hübsch gelegene Heil- und Pflegeanstalt zu eskortieren, wo Senioren (»alt« ist in unserem Land des Lächelns zu einem fast so schmutzigen Wort wie »Neger« oder »Jude« geworden) unmerklich in die Senilität gepflegt und wieder an die Spiele ihrer Kinder gewöhnt werden – nur mit dem Unterschied, daß man's jetzt »passive Erholung« nennt. Laßt sie doch ruhig vögeln, solange sie die Kraft noch haben und wenn's nicht mehr geht, sollen sie sich eben wieder ungeniert den erotischen Spielereien aus ihrer ersten Kindheit hingeben. Laßt sie doch heiraten, auch noch mit achtzig, neunzig oder sogar hundert, wen kümmert's? Die Hauptsache ist, daß sie beschäftigt sind und nicht mehr umherlaufen und den Verkehr aufhalten.

Ein etwas unangenehmer Moment tritt jedesmal ein, wenn man die Auffahrt hochfährt, die auf den Freeway führt, und einem das bevorsteht, was in der Fachsprache »einfädelnder Verkehr« genannt wird. George wird das beunruhigende Gefühl nicht los, das sich auch durch einen prüfenden Blick in den Rückspiegel nicht ändert, er würde jeden Augenblick, unerklärlich und unsichtbar, von hinten gerammt werden. Im nächsten Moment aber hat er sich eingefädelt und treibt im offenen Verkehr davon, um auf der langen leichten Geraden den Paß hochzuklettern, der das *Valley* überquert.

Und während er jetzt fährt, tritt wie von selbst eine bestimmte Autohypnose in Kraft. Wir sehen, wie sich die Gesichtszüge entspannen, die Schultern lockern und der Körper sich bequem nach hinten lehnt. Die Reflexbewegungen setzen ein. Der linke Fuß bedient das Kupplungspedal, während der rechte vorsichtig Gas gibt. Die linke Hand liegt entspannt auf dem Lenkrad, die rechte läßt die Schaltung präzise in den dritten Gang gleiten. Die Augen schweifen gelassen von der Fahrbahn zum Spiegel, vom Spiegel auf die Fahrbahn und bemessen die Abstände nach vorn, nach hinten und zum nächsten Wagen an der Seite ... Eigentlich ist es gar kein wildes Wagenrennen – das kommt nur Zuschauern oder überängstlichen Anfängern so vor –, sondern eher ein über die Ufer tretender Strom, der mit ruhiger Kraft seiner Mündung entgegentreibt. Solange man sich treiben läßt, ist nichts zu befürchten, ja, inmitten der Strömung überkommt einen sogar das Gefühl trägen Wohlbehagens.

Und jetzt geschieht etwas Neues mit George. Seine Gesichtszüge sind wieder gespannt, die Muskeln am Kinn straffen sich, um den Mund zuckt und vibriert es, die Lippen werden zu einer schmalen Linie, und zwischen den Augenbrauen bildet sich eine Falte. Währenddessen bleibt der übrige Körper vollkommen entspannt. Er scheint sich mehr und mehr selbständig zu machen, ein eigenständiges Wesen zu werden: ein anonymer teilnahmsloser Chauffeur ohne eigenen Willen und Individualität, die ideale Verkörperung von Muskelspiel, Sorglosigkeit und taktvollem Schweigen, der seinen Herrn ins Büro fährt.

Und George, wie ein Herr, der das Steuer seines Wagens einem Bediensteten überantwortet hat, kann jetzt seine Aufmerksamkeit auf andere Dinge konzentrieren. Während sie so über den

Paß dahinfegen, nimmt er immer weniger Notiz von der Außenwelt, den Wagen um ihn herum, der abschüssigen Straße vor ihm, dem sich darunter öffnenden *San Fernando Valley* mit seinen Eigenheimen und Gärten unter der schmierig braunen Smog-Sauce, über der in der Ferne die großen ausgedörrten Berge aufsteigen. Er ist ganz tief in sich selbstversunken.

Worüber sinnt er nach?

Auf einem Vorsprung an der Steilküste wächst um ein stählernes Gerippe ein unverschämt großes Hochhaus mit hundert neuen Apartments in den Himmel; es wird die Aussicht auf die Küste blockieren, die man von dem Park oberhalb des Kliffs genießen konnte. Das ist der Fortschritt! erklärt ein Sprecher des Unternehmens als Antwort auf die vielen Einwände und gibt dann zu bedenken: Wenn es Menschen gibt, die uns für den Ausblick vierhundertfünfzig Dollar im Monat zahlen, sehen wir nicht ein, warum ihr Parkbenutzer (und dazu zählt George) es umsonst haben sollt.

Der Herausgeber einer großen Tageszeitung in Los Angeles hat zu einem Feldzug gegen »sexuell Abweichende« aufgerufen (womit er Personen wie George meint). Allenthalben seien sie anzutreffen, behauptet der Mann, man könne keine Bar, keine Toilette, keine öffentliche Bücherei mehr betreten, ohne auf ihre widerwärtigen Spuren zu treffen. Und allesamt hätten Syphilis. Die bestehenden Gesetze seien viel zu milde, sagt er.

Ein Senator verkündete kürzlich in einer Rede, wir sollten unverzüglich und mit allen uns zur Verfügung stehenden Waffen Kuba angreifen, auf daß die Monroe-Doktrin nicht länger für schwach und unwirksam gehalten werde. Der Senator macht kein Hehl daraus, daß dies höchstwahrscheinlich Krieg bedeutet. Dieser Tatsache müßten wir ins Auge sehen, erklärt er, alles andere bedeute Schmach und Schande. Wir müßten bereit sein, dafür drei Viertel unserer Bevölkerung (einschließlich George) zu opfern.

Es wäre lustig, denkt George, sich heimlich in das Apartmenthaus einzuschleichen, kurz bevor die Mieter einziehen, und die Wände sämtlicher Räume mit einem besonders präparierten Duftmittel zu besprühen, das anfangs kaum wahrnehmbar ist, aber allmählich an Geruch zunimmt, bis es wie verwesende Leichen stinkt. Mit sämtlichen Deodorants der modernen Wissenschaft würden sie versuchen, des Gestanks Herr zu werden, doch vergeblich. Und wenn sie schließlich in ihrer Verzweiflung auch noch den Verputz und die Holzverkleidungen herausreißen, müßten sie feststellen, daß sogar die Stahlträger stinken. Aufgeben und verlassen würden sie die Stätte, wie einst die Khmer Angkor verlassen haben, doch der Gestank würde sich ausbreiten und ausbreiten, daß man ihn die ganze Küste entlang bis nach Malibu deutlich riecht. Am Ende müßte man den gesamten Bau durch Arbeiter in Gasmasken abtragen lassen und seine pulverisierten Bestandteile weit draußen im Ozean versenken... Doch nein, noch praktischer wär's, wenn man ein bestimmtes Virus ausfindig machte, das die Fähigkeit besitzt, sich durch das härteste Metall durchzufressen. Gegenüber dem Duftmittel hätte dies den Vorteil, daß lediglich eine einzige Injektion an einer bestimmten Stelle nötig sein würde, alles übrige besorgt das Virus dann von sich aus. Und wenn alle eingezogen sind und eine große Einweihungsparty im Gange ist, würde das ganze Ding zu einem gestaltlosen Haufen zusammensinken, wie Spaghetti.

Und was machen wir mit dem Herausgeber der Zeitung? überlegt George. Wie lustig, wenn wir ihn und seine für die Artikel verantwortlichen Redakteure kurzerhand kidnappen würden – dazu vielleicht auch noch den Polizeipräsidenten, den Chef der Sittenpolizei und jene Herren Geistlichen, die diese Hetzkampagne von ihren Kanzeln herab unterstützen – und sie alle zusammen in ein geheimes unterirdisches Filmstudio bringen, wo sie dann mit ein bißchen Zureden – der Anblick glühender Feuerhaken und Kneifzangen dürfte durchaus genügen – alle erdenklichen sexuellen Stellungen in Paaren und Gruppen ausführen und dabei größtes Vergnügen zeigen müssen. Der Film müßte hinterher schleunigst entwickelt und Kopien schnell in alle Kinos gebracht werden. Georges Assistenten würden die Platzanweiser chloroformieren, damit die Lichter nicht angedreht werden können, die Ausgänge versperren und den Vorführer überwältigen, um anschließend dann den Film nach der Ankündigung DEMNÄCHST IN DIESEM THEATER zu zeigen.

Was nun diesen Herrn Senator betrifft, müßte es eigentlich ganz amüsant sein...

Nein.

(An dieser Stelle sehen wir, wie sich seine Augenbrauen überaus heftig zusammenziehen und die Lippen dünn und scharf wie ein Messer werden.)

Nein, hier ist das Wort *amüsant* fehl am Platz. Solche Leute sind alles andere als amüsant, mit ihnen darf man weder spielen noch verhandeln. Die einzige Sprache, die sie verstehen, ist brutale Gewalt.

Deshalb müssen wir eine Kampagne systematischen Terrors starten. Um sie wirksam durchzusetzen, braucht man eine Organisation von mindestens fünfhundert hochqualifizierten Mördern und Folterknechten, die mit ganzem Herzen bei der Sache sind. Das Haupt der Organisation stellt eine Liste mit klar und einfach formulierten Zielen auf: Beseitigung des Apartmenthauses, Verbot der Zeitung, Rücktritt des Senators. Dann wird man sich der Reihe nach und ohne Rücksicht auf Zeit und Umstände mit ihnen beschäftigen. Der Hauptschuldige bekommt zunächst in jedem Fall einen höflichen kleinen Brief mit der Unterschrift »Onkel George«, worin ihm klargemacht wird, was er vor Ablauf einer bestimmten Frist zu tun hat, falls er am Leben bleiben will. Ebenso wird ihm klargemacht, daß Onkel George von der Theorie ausgeht, daß auch Mitwisser schuldig sind.

Eine Minute nach Ablauf der gesetzten Frist beginnt die Tötungsaktion. Die Exekution des Hauptschuldigen wird jedoch einen Aufschub von einigen Wochen oder Monaten erhalten, um ihm Gelegenheit zum Nachdenken zu geben. In der Zwischenzeit erhält er tägliche Mahnungen. Seine Ehefrau könnte entführt werden und ihn dann erdrosselt und einbalsamiert im Wohnzimmer erwarten, wenn er vom Büro nach Hause kommt. Pakete mit den Köpfen seiner Kinder und Tonbandaufnahmen mit den Schreien seiner zu Tode gefolterten Verwandten können bei ihm eintreffen. Die Häuser seiner Freunde können über Nacht in Flammen aufgehen. Und jeder, der ihn nur gekannt hat, wird in tödlicher Gefahr schweben.

Wenn die totale Durchschlagskraft der Organisation oft genug erwiesen ist, wird die Bevölkerung langsam zu begreifen anfangen, daß dem Willen von Onkel George augenblicklich und ohne Widerrede zu gehorchen ist.

Aber *will* Onkel George, daß man ihm gehorcht? Zieht er es nicht vor, daß man sich ihm widersetzt, so daß er immer weiter töten und töten kann? Schließlich sind diese Leute nichts anderes als Ungeziefer, und je mehr von ihnen sterben, desto besser. In letzter Instanz nämlich sind sie ja alle verantwortlich zu machen für Jims Tod; ihre Worte, ihre Gedanken, ihre ganze Lebensanschauung wollten ihn, selbst wenn sie von Jims Existenz gar nichts gewußt haben. Doch wenn George sich erst so weit hineingesteigert hat, geht es gar nicht mehr um Jim. Jim ist nur mehr der Vorwand für seinen Haß gegen drei Viertel der amerikanischen Bevölkerung... Georges Kinnbacken arbeiten, seine Zähne knirschen, und er kaut seinen Haß in sich hinein.

Haßt er alle diese Menschen tatsächlich? Sind sie nicht bloß ein Vorwand zum Hassen? Was *ist* sein Haß dann? Ein Stimulans – nichts anderes, wenn auch ein sehr übles für ihn, zweifellos. Rage und Ressentiment und Spleen – das ist die Lebenskraft, wenn man in die Jahre kommt. Angenommen, George ist in diesem besonderen Moment ganz schön verrückt, dann sind es wahrscheinlich mindestens ein halbes Dutzend andere in den unzähligen Autos um ihn her auch. Alle verringern nun das Tempo, weil der Verkehr dichter wird. Eine einzige Schlange, so weit das Auge reicht, bis weit hinter dem *Union Depot*... Gott, wir sind ja schon in der Innenstadt! Wie benommen taucht George aus seinen Gedanken auf. Mit einem Male wird ihm bewußt, daß sein Chauffeur diesmal einen Rekord aufgestellt hat; nie zuvor hat er es von alleine fertiggebracht, sie beide so weit zu bringen. Das wirft die beunruhigende Frage auf, ob sich dieser Chauffeur allmählich zu einem eigenen Individuum entwickelt? Schickt er sich vielleicht an, noch ganz andere Lebensbereiche von George zu übernehmen?

Sich weiter darüber Gedanken zu machen, bleibt jetzt keine Zeit mehr, denn in zehn Minuten werden sie den *Campus* erreicht haben, in zehn Minuten muß George ganz George sein – der George, den sie so nennen und unter diesem Namen auch anerkennen. Dementsprechend verlegt er sich jetzt darauf, *ihre* Gedanken zu denken, *sich* in *ihre* Stimmung zu versetzen. Rasch und mit der Geschicklichkeit eines alten Hasen legt er die psychologische Schminke auf für die Rolle, die er jetzt zu spielen hat.

Kaum hat man den Freeway an der San Tomas Avenue verlassen, fühlt man sich zurückversetzt in das schmuddelig-schläfrig gemächliche Los Angeles der dreißiger Jahre, das sich immer noch nicht von der Depressionszeit erholt und daher für einen Neuanstrich seiner Häuser kein Geld hat. Doch wie bezaubernd es daliegt! Ein Auf und Ab kleiner steiler Hügel, bebaut mit weißen, schlecht verputzten Häusern, die unsicher an den Hängen kleben, und deren nicht zu entwirrendes Durcheinander von Drähten und Telefonkabeln sie eher wunderlich als unschön aussehen läßt. Hier wohnen Mexikaner, also sind viele Blumen da. Hier wohnen Neger, also geht es heiter zu. Selbst würde George hier nicht wohnen wollen, weil hier die Radios und Fernseher den ganzen Tag über laut plärren. Aber es würde ihm im Leben nicht einfallen, ihre Kinder anzuschreien, denn diese Menschen sind ja nicht der eigentliche Feind, sie könnten sogar seine Verbündeten sein, falls sie ihn überhaupt akzeptieren würden. In den Onkel-George-Phantasien spielen sie jedenfalls nie eine Rolle.

Das San Tomas State College liegt ein Stück weiter hinten auf der anderen Seite vom Freeway. Man fährt über eine Brücke und ist sogleich in der heutigen Realität von Abriß, Aufbau, Abriß. Hier hat man die hübschen kleinen Hügel entweder gänzlich beseitigt oder mit Bulldozern oben geköpft und durch den Bau geschmackloser Reihenhäuser der natürlichen Landschaft klaffende Wunden beigebracht. Trakt auf Trakt dieser einstöckigen Schlafstadt (ausnahmslos »Eigenheime« genannt und angepriesen als »neue Wohnidee«) wird freigegeben, sobald er an das Strom- und Kanalisationsnetz angeschlossen ist. Es wäre offenkundige Verleumdung, wollte man behaupten, eines sähe aus wie das andere. Einige haben ein braunes Dach, andere ein grünes, und die Kacheln der Badezimmer sind in mehreren Farben lieferbar. Auch die Trakte besitzen Individualität, jeder trägt einen anderen Namen, so wie nur Grundstücksmakler sie heutzutage erfinden können: Land in Sonne, Vista Grande, Palmenhain.

Ausgangspunkt und Zentrum von all diesem Einebnen, Ausbaggern, Schleppen und Bauen ist der College-Campus selbst. Eine makellos saubere, moderne Fabrik aus Beton und Glas und großen Fenstern, die bereits zu drei Vierteln errichtet ist und mit hysterischer Eile fertiggestellt wird. (Die Baugeräusche sind so laut, daß in manchen Hörsälen die Professoren kaum mehr verstanden werden.) Sobald die Fabrik erst auf vollen Touren läuft, wird sie zwanzigtausend Studenten aufnehmen können. Doch in nicht ganz zehn Jahren wird sie mit vierzig- bis fünfzigtausend fertig werden müssen, das heißt, alles muß wieder abgerissen und zweimal so groß aufgebaut werden.

Wie dem auch sei, bis dahin ist das College durch die eigenen Parkplätze längst von der Außenwelt abgeschnitten. Die Fahrzeuge, die ratlose Studenten bei den zu erwartenden ständigen Verkehrsstaus einfach stehen lassen, werden dann eine undurchdringliche Wagenburg bilden. Schon jetzt sind die Parkplätze halb so groß wie der ganze Campus und derartig überfüllt, daß man auf der Suche nach dem letzten freien Platz meilenweit herumfahren muß. Heute hat George Glück, da ist ein Platz frei, sogar in nächster Nähe vom Hörsaal. Er streckt seine Parkkarte in den Schlitz (und liefert dadurch den eindeutigen Beweis, daß er George *ist);* ruckartig geht die Schranke in die Höhe und er parkt ein.

Neuerdings übt sich George darin, die Wagen seiner Schüler zu erkennen. (Immer wieder versucht er, sich selbst zu testen; bald ist es Gedächtnistraining, bald eine neue Diät, bald nur das Gelübde, irgendein unlesbares Werk aus der »Liste der besten hundert Bücher« zu lesen; er hält aber nur selten längere Zeit durch.) Heute freut er sich, denn es gelingt ihm, gleich drei Wagen auf einmal auszumachen, wobei die Lambretta gar nicht mitgezählt wird, mit der der italienische Austauschstudent, mutig oder naiv, daß es schon an Wahnsinn grenzt, auf dem Freeway fährt, als wäre es die Via Veneto. Dort steht das zerbeulte, nicht mehr ganz weiße Ford-Coupé von Tom Kugelmann, auf dessen Heck er gepinselt hat: ACHTUNG WEISS! Dort ist der schmutziggraue Pontiac des jungen Chinesen aus Hawaii, mit einem dieser Aufkleber im Rückfenster: ABSTRAKTER EXPRESSIONISMUS IST DER EINZIGE ISMUS, AN DEN ICH GLAUBE. In seinem Fall ist dieser Witz kein Witz, denn er ist tatsachlich ein abstrakter Maler. Das Ungereimte liegt nur darin, daß jemand mit einem so süßen und sanften Lächeln, so seidenweicher Haut und so katzenhafter Gelecktheit so düster verschmierte Leinwände produziert und einen derart heruntergekommenen Wagen besitzt. Sein wunderschöner Name ist Alexander Mong. Und dort drüben steht der tadellos polierte feuerrote MG, den Buddy

Sorensen steuert, der ungestüme Albino mit den wasserblauen Augen, der der Star der Basketballmannschaft ist und den Button *Weg mit der Bombe!* trägt. Bisweilen sieht George auf den Freeway Buddy an sich vorbeizischen, als ob seine absurde kleine Sitzbadewanne mit ihm durchgegangen wäre.

So, nun ist George angelangt. Nervös ist er nicht im geringsten. Als er aus dem Wagen steigt, kann er es vor lauter Energie und Eifer kaum erwarten, daß das Spiel beginnt. Federnden Schrittes geht er über den kiesbedeckten Pfad am Konservatorium vorbei auf das Verwaltungsgebäude zu. Jetzt ist er ganz Schauspieler – ein Schauspieler, der auf dem Weg von seiner Garderobe durch die Welt aus Requisiten, Lampen und Bühnenarbeitern zu seinem Auftritt eilt. Als alter Hase, der ruhig und seiner Sache sicher ist, wartet er einen wohlbemessenen Augenblick lang auf der Schwelle zum Büro, um dann klar und deutlich mit jenem fein modulierten britischen Tonfall, den sein Publikum von ihm verlangt, seine erste Zeile zu sprechen: »Good morning!«

Die drei Sekretärinnen – jede auf ihre Art eine charmante und vollendete Schauspielerin – erkennen ihn, ohne auch nur einen Augenblick zu zögern, und erwidern seinen Gruß. (Hier haben wir es mit etwas Religiösem zu tun, ähnlich dem Ritual in der Kirche – eine nochmalige Bestätigung im Glauben an das grundlegende amerikanische Dogma, daß es sich immer nur um einen *guten* Morgen handeln kann. Gut, trotz der Russen und ihren Raketengeschossen und trotz der eigenen Krankheiten und Sorgen. Denn wir wissen natürlich ganz genau, oder wir sollten es wissen, daß die Russen und die Sorgen im eigentlichen Sinne gar nicht da sind, sie können ja weggedacht und zum Verschwinden gebracht werden. Und deshalb kann man es so einrichten, daß der Morgen gut ist. Also gut, dann *ist* er eben gut.)

Jede Lehrkraft des Fachbereichs Anglistik hat sein oder ihr eigenes Ablegefach im Büro und alle sind voller Papiere. Welche Mitteilungssucht! Von jeder noch so unwichtigen Ausschußsitzung über noch so nebensächliche Gegenstände wird ein Protokoll verfaßt und in Hunderten von Kopien verteilt. Jeder wird über alles und jedes in Kenntnis gesetzt. George geht alles flüchtig durch und läßt es dann in den Papierkorb fallen, mit einer einzigen Ausnahme: Eine längliche Karte, gelocht, gestanzt und chiffriert durch eine IBM-Maschine, soll hier die akademische

Identität eines armen Schluckers von Studenten bekunden. In der Tat, diese Karte *ist* seine Identität. Angenommen, George würde es einfallen, sie zu zerreißen, anstatt sie, wie verlangt, zu unterschreiben und an die Personalabteilung zurückzuleiten? Im selben Moment würde dieser Student für das San Tomas State College aufhören zu existieren, akademisch unsichtbar bleiben und er könnte nur unter den allergrößten Schwierigkeiten und nach Durchführung kompliziertester Zeremonien wiedererscheinen: Einsendung unzähliger in dreifacher Ausfertigung ausgefüllter Fragebogen und notariell beglaubigter eidesstattlicher Erklärungen an die Götter des IBM-Systems.

George unterschreibt die Lochkarte, wobei er sie mit zwei Fingerspitzen festhält. Ihm widerstrebt es sogar, diese Dinger anzufassen, denn das sind die Runenzeichen einer zwar idiotischen, aber nichtsdestoweniger mächtigen Teufelsmagie; die Magie der Denkmaschinengötter, deren Kult ein Dogma zugrunde liegt: *Wir machen keine Fehler.* Ihr ganzer Zauber besteht darin, daß, *wenn* sie einen Fehler machen, was reichlich oft passiert, sich dieser Fehler verewigt und somit ein Nicht-Fehler wird... George hält die Lochkarte am äußersten Rand und gibt sie einer Sekretärin, die dafür sorgen wird, daß das Ding in die Personalabteilung zurückgelangt. Die Sekretärin hat auf ihrem Schreibtisch eine Nagelfeile liegen. George nimmt sie und sagt: »Wollen doch mal sehen, ob dieser alte Roboter den Unterschied merkt«, und dabei tut er so, als bohre er ein weiteres Loch in die Karte. Das Mädchen lacht, doch sie lacht erst nach einer halben Sekunde blanken Entsetzens; und ihr Lachen ist forciert. George hat eine gotteslästerliche Blasphemie begangen.

Recht zufrieden mit sich, verläßt er das Verwaltungsgebäude in Richtung Cafeteria.

Zunächst überquert er den weitläufig offenen Platz, der den eigentlichen Campus-Mittelpunkt bildet, umgeben von den Fachbereichen Kunst, Sport und Naturwissenschaften und dem Verwaltungsgebäude. Neuerdings ist er mit Grasanlagen und jungen hoffnungsvollen Bäumchen bepflanzt, die ihn in ein paar Jahren zu einem grünbelaubten, schattigen, angenehmen Platz machen sollen, das heißt ungefähr zur selben Zeit, wenn das ganze Terrain wieder durch Neuplanung auseinandergerissen werden wird. Die Luft hat einen Beigeschmack von Smog – in

Umschreibung »Augenreizung« genannt. Die Bergkette von *San Gabriel,* die an den wenigen Tagen, da sie richtig zu sehen ist, San Tomas State etwas vom Glanz eines auf dem Hochplateau der Anden gelegenen College verleiht, ist heute wie gewöhnlich hinter den ekelhaft gelben Rauchschwaden verborgen, die aus dem Großstadtgetriebe aufsteigen.

Und jetzt, rund um George herum, auf ihn zukommend und seinen Weg aus allen Richtungen kreuzend, erscheint das männliche und weibliche Rohmaterial, das täglich über die Beförderungsgürtel der Freeways in diese Fabrikanlage eingeschleust wird, um hier verarbeitet, verpackt und auf den Markt geworfen zu werden: Neger, Mexikaner, Juden, Japaner, Chinesen, Latinos, Slawen, Skandinavier; und die dunklen Köpfe überwiegen bei weitem die blonden. Sie hasten zu ihren Unterrichtsstunden, trödeln in flirtendem Gespräch, schlendern in ernsthafte Debatten vertieft, oder repetieren halblaut eine Lektion – und alle sind bücherbeladen und gestreßt.

Wozu glauben sie wohl, daß sie hier sind? Nun ja, dafür gibt es eine offiziöse Antwort, um sich auf das Leben vorzubereiten, das heißt: eine gute Stellung, Sicherheit, Kindergroßziehen, die sich auf das Leben vorbereiten, das heißt von neuem: eine gute Stellung, Sicherheit... Aber trotz aller Berufsberatung, trotz zahlloser Broschüren, in denen aufgezeigt wird, wie sich gutes Geld verdienen läßt, wenn man auf eine solide technische Ausbildung setzt – zum Beispiel Pharmakologie oder Buchhaltung, oder die verschiedenartigen Möglichkeiten auf dem weiten Gebiet der Elektronik –, trotz alledem finden sich noch immer, so unglaublich es klingt, eine ganze Menge unter ihnen, die beharrlich Gedichte schreiben, Romane und Bühnenstücke. Übernächtigt durch Mangel an Schlaf, kritzeln sie in jeder freien Minute drauflos, in ihren Vorlesungen, ihren Halbtagsbeschäftigungen und ihrem Eheleben. Es schwirrt ihnen der Kopf von Worten und Ideen, wenn sie gerade einen Operationssaal wischen oder auf einem Postamt Briefe sortieren oder fürs Baby das Fläschchen herrichten oder Hamburger braten. Bei all ihrer Hingabe an das Lebensnotwendige flüstert ihnen die Stimme der Gegenvernunft ein, zu leben, zu erkennen, zu erfahren – was? *Wunder!* Eine Zeit in der Hölle, die Reise ans Ende der Nacht, die Sieben Säulen der Weisheit, das klare Licht aus dem Nichts... Wird einer unter ihnen sein, der es schafft? Oh, sicher, einer zumindest. Wenn es hochkommt zwei oder drei unter den Tausenden, die auf der Suche sind.

Hier mitten unter ihnen schwindelt es George. O Gott, was soll aus ihnen allen werden? Haben sie überhaupt eine Chance? Soll ich es ihnen gleich jetzt und auf der Stelle in die Ohren schreien, daß es hoffnungslos ist?

Doch George weiß, daß er das nicht tun darf, weil er ja hier absurderweise, da es ihm eigentlich widerspricht, so etwas wie ein Stellvertreter der Hoffnung ist. Und die Hoffnung ist nichts Falsches. Nein, durchaus nicht. Nur daß sich George eben dabei vorkommt wie ein Hausierer, der auf offener Straße einen echten Edelstein für einen Nickel verkaufen muß, den nur verschwindend Wenige zu schätzen wissen. Die übergroße Mehrheit jedoch bleibt nicht einmal stehen, da sie ihn für wertlos hält.

Vor der Cafeteria hängen Ankündigungen von laufenden studentischen Veranstaltungen: Nacht der Squaws, Picknick am Goldenen Vlies, Nebelspalter-Ball, Treffen der Bürgerrechtsbewegung und das große Entscheidungsspiel gegen das LPSC. Diese propagierten Stammesfeierlichkeiten der San Tomas-Sippe sind nicht ganz überzeugend. Gefördert werden sie lediglich von einer kleinen Gruppe Übereifriger. Die Mehrzahl dieser heranwachsenden Jungen und Mädchen halten sich nämlich nicht für Angehörige eines Stammes, obschon sie sich bei besonderen Anlässen den Anschein geben. Was sie alle gemeinsam haben, ist der Druck, mit dem sie fertig werden müssen, den sie brauchen, um die Arbeit zu beenden, die schon vor drei Tagen hätte abgegeben werden müssen.

Wenn George gelegentlich ihre Unterhaltungen mit anhört, geht es fast immer darum, daß ihnen etwas nicht geglückt ist, daß sie Angst vor den Anforderungen des Professors haben, daß sie sich durch eine Prüfung gemogelt haben.

Die Cafeteria ist überfüllt. George bleibt zunächst an der Tür stehen und sieht sich um. Nun, da er zum Nutzen der Öffentlichkeit da ist, sozusagen zum Inventar des College gehört, kann er es kaum erwarten, daß man sich seiner bedient, und sieht es höchst ungern, wenn auch nur eine einzige Minute seiner Zeit verschwendet wird. Mit einem zögernden Lächeln von vierzig

Watt, das jederzeit auf hundertfünfzig Watt aufgedreht werden kann, sobald es jemand verlangt, setzt er sich in Bewegung und geht an den Tischen entlang.

Zu seiner Erleichterung bemerkt er jetzt Russ Dreyer, und Dreyer erhebt sich von seinem Tisch, um ihn zu begrüßen; ohne Zweifel hat er schon nach George Ausschau gehalten. Dreyer ist allmählich Georges rechte Hand, sein Adlatus, sein Leibwächter geworden. Ein kantiger, schmalgesichtiger Junge mit einem sogenannten flat-top-Haarschnitt und randlosen Brillengläsern. Er trägt ein modisches Hawaiihemd, was bei ihm wie eine scheue Konzession an die sportliche Kleidung um ihn herum wirkt. Sein Unterhemd, das im offenen Kragen zu sehen ist, leuchtet wie immer klinisch weiß. Dreyer ist ein Musterschüler, dessen europäisches Gegenstück wahrscheinlich ziemlich trocken und spröde sein dürfte. Doch Dreyer ist alles andere als trocken oder spröde. Er besitzt einen diskreten Humor und die zähe Härte des ehemaligen Marine-Corps-Soldaten. Einmal beschrieb er George einen typischen Abend, den er und seine Frau Marinette zusammen mit seinem Kumpel Tom Kugelman und dessen Frau verbracht hatten. »Tom und ich stritten uns über *Finnegan's Wake*. Das zog sich hin bis nach dem Abendessen. Dann wurde es den Frauen zu bunt, uns immerfort zuzuhören, und sie zogen ab ins Kino. Tom und ich wuschen das Geschirr ab, es ging schon auf zehn Uhr, und wir stritten uns noch immer. Keiner konnte den anderen überzeugen. Also schnappten wir uns jeder einige Büchsen Bier aus dem Kühlschrank und gingen raus in den Garten. Tom baut sich da einen Schuppen, das Dach hat er aber noch nicht drauf. Da hat er mich dann zu einem Klimmzug-Match herausgefordert, wir legten an dem Querbalken über der Tür los, und ich habe ihn dreizehn zu elf geschlagen.«

Die Geschichte bezauberte George. Irgendwie ist das klassisches Griechenland.

»Guten Morgen, Russ.«

»Guten Morgen, Sir.« Es ist nicht der Altersunterschied, der Dreyer veranlaßt, ihn mit »Sir« anzureden. Sobald sich ihre quasimilitärische Beziehung ändert, wird er ohne Zögern »George« oder gar »Geo« zu ihm sagen.

Gemeinsam treten sie zum Kaffeeautomaten, lassen ihre Plastikbecher vollaufen und nehmen sich Kuchen von der Theke.

An der Kasse kommt ihm Dreyer mit bereits abgezähltem Geld zuvor.

»Nein – überlassen Sie das mir, Sir.«

»Immer bezahlen Sie.«

Dreyer grinst. »Wir sind jetzt aus dem Schneider, seitdem ich Marinette zur Arbeit schicke.«

»Hat sie die Stelle als Lehrerin bekommen?«

»Ja, das hat gerade geklappt. Ist natürlich nur vorübergehend. Der einzige Haken ist, daß sie jetzt eine Stunde eher aufstehen muß.«

»Dann müssen Sie sich das Frühstück selbst machen?«

»Ach, das bringe ich schon fertig, bis sie einen Job in der Nähe kriegt... oder bis ich sie schwanger mache.«

Offensichtlich macht ihm das Gespräch von Mann zu Mann Spaß. (Ob er wohl über mich Bescheid weiß? fragt sich George, oder die anderen? Ach ja, wahrscheinlich schon. Aber es interessiert sie nicht weiter. Von meinen Gefühlen, meinen Drüsen, oder was sich da sonst noch so unterhalb meines Halses abspielt, wollen sie sowieso nichts wissen. Ebensogut könnte ich auch ein vom übrigen Körper abgetrennter Kopf sein, den man ihnen auf einer Anrichteplatte zur Vorlesung in den Hörsaal trägt.)

»Da fällt mir gerade ein, Sir«, fängt Dreyer wieder an, »ich sollte Sie schon längst von Marinette aus fragen... wir würden gern wissen, ob Sie's nicht einrichten können, bald mal wieder zu uns rauszukommen? Wir könnten Spaghetti kochen, und unter Umständen könnte Tom das Tonband mitbringen, das er da aus Berkeley vom Archiv bekommen hat, wo Katherine Ann Porter Sachen von sich liest...«

»Eine gute Idee«, antwortet George mit ausweichender Begeisterung und wirft dabei einen Blick auf seine Armbanduhr. »Ich glaube, wir müssen jetzt aufbrechen.«

Dreyer ist durch seine Unschlüssigkeit nicht im geringsten niedergeschlagen. Wahrscheinlich will er George ebensowenig noch einmal bei sich zum Abendbrot haben, wie George zu ihm hingehen will. So was ist alles, alles symbolisch zu verstehen. Marinette hat ihn beauftragt anzufragen, was er hiermit getan hat, und jetzt steht offiziell fest, daß George zum zweiten Mal eine Einladung in ihr Haus angenommen hat, und das bedeutet, daß George ein Vertrauter ist, auf den man noch nach Jahren zu sprechen kommt, wenn von den alten Tagen die Rede sein wird. Ach ja, die Dreyers werden schon dafür sorgen, daß George ein Platz unter den großen Langweilern vergangener Zeiten gesichert bleibt. George kann sich so einen Abend nach 1990 genau ausmalen, wenn Russ dann Dekan einer Anglistik-Fakultät im Mittelwesten ist und Marinette Mutter herangewachsener Söhne und Töchter. Eine Gesellschaft aus jungen Assistenten und ihren Ehefrauen, die dabei sind, Dr. und Mrs. Dreyer symbolisch zu unterhalten, wird symbolisch erschauern, wenn der Herr Dekan in anekdotenseliger Stimmung sich umschweifig und mit verklärtem Lächeln in ein Labyrinth abgestandener Heldentaten verliert, in das dann George und viele andere mit ihm eintreten werden. Und Marinette, beständig lächelnd, sitzt daneben, hört mit einem dritten Ohr zu – demjenigen, das alles schon einmal gehört hat – und betet im stillen, es möge doch endlich elf Uhr schlagen. Und wenn die Stunde geschlagen hat, sind sich alle einig, daß dies wirklich ein Abend gewesen ist, an den man noch lange zurückdenken wird.

Auf dem Wege zum Hörsaal will Dreyer von George wissen, was er von dem halte, was Doktor Leavis über Sir Charles Snow gesagt hat. »Well, zunächst einmal...«, beginnt George.

In diesem Moment kommen sie an den Tennisplätzen vorbei. Lediglich ein Platz ist besetzt mit zwei jungen Studenten, die ein Einzel spielen. Die Sonne hat plötzlich mit ungestümer Hitze den Smog-Dunst durchbrochen, und die beiden sind nahezu bis zur Nacktheit entblößt. Sie haben nichts anderes an als Turnschuhe und Trikotshorts, wie sie Radrennfahrer tragen, sehr kurz und enganliegend, in denen sich die Umrisse ihrer Hinterteile und Lenden abzeichnen. Gänzlich in Spannung und Eifer des Spiels aufgehend, nehmen sie von den Vorübergehenden keinerlei Notiz. Man könnte denken, es gäbe kein Netz zwischen ihnen. lhre Nacktheit läßt sie eng aneinander, Körper an Körper gegenübergestellt wie zwei Ringkämpfer erscheinen. Selbst wenn dies ein Kampf wäre, würde es ein einseitiger sein, denn der Junge auf der linken Seite ist viel kleiner. Er könnte Mexikaner sein. schwarzhaarig, gutaussehend, katzenhaft, grausam, kompakt, geschmeidig, muskulös und von graziler Behendigkeit auf den Beinen. Sein Körper ist von natürlichem dunklem Goldbraun, mit einem Flaum schwarzgekräuselter Haare auf Brust,

Bauch und Schenkeln. Er spielt hart, schnell und mit unerbittlicher Meisterschaft, indem er bei jedem Rückschlag seine weißen Zähne ohne zu lächeln entblößt. Er wird gewinnen. Und sein Gegner, der große blonde Junge, weiß es bereits; er verteidigt sich mit rührender Tapferkeit. Er ist von so natürlicher Anmut und Schönheit, ist so edel gestaltet, und trotz alledem scheint ihm sein klassisch geformter Marmorkörper im Wege zu stehen. Die Spielregeln behindern ihn in seiner Entfaltung. Er kämpft gegen einen hoffnungslosen Nachteil, er sollte den unnützen Schläger wegwerfen, über das Netz springen und diese grausame kleine Goldkatze zwingen, sich seiner marmornen Stärke zu ergeben. Aber nein, der Blonde akzeptiert die Regeln, klammert sich fest an ihnen, will lieber Niederlage und Demütigung ertragen als sie verletzen. Seine Blondheit, seine hilflose Größe verleihen ihm eine ganz unzeitgemäße Aura von Ritterlichkeit. Als vollkommener Sportsmann wird er sauber weiterkämpfen, bis er das letzte Spiel verloren hat. Wird es ihm so nicht das ganze Leben hindurch ergehen? Wird er sich nicht immer von neuem in eine falsche Spielart verwickeln lassen, eine Art, für die er nicht geboren ist, gegen einen Gegner, der rasch und clever und unbarmherzig vorgeht?

Grausam ist dieses Spiel. Aber seine Grausamkeit ist sinnlich und treibt George in heiße Erregung. Mit einem Freudenschauer nimmt er es wahr, daß seine Sinne so eifrig reagieren; zu oft kommen sie ihm neuerdings arg abgestumpft vor. Von ganzem Herzen dankt er diesen jungen animalischen Geschöpfen für ihre Schönheit, sie werden nie erfahren, daß sie es waren, die diesen Moment wunderbar und das Leben selbst etwas weniger hassenswert gemacht haben...

Da hört er Dreyer neben sich sagen: »Verzeihung, Sir, da kann ich Ihnen nicht recht folgen. Das mit den zwei Kulturen sehe ich natürlich ein, soll das aber heißen, daß Sie Dr. Leavis *recht* geben?« Weit davon entfernt, auch nur das leiseste Interesse an den Tennisspielern zu nehmen, geht Dreyer neben ihm her, und richtet seine ganze Aufmerksamkeit auf den sprechenden Kopf von George.

Dieser Kopf *hat* offenbar gesprochen. George erkennt es mit dem gleichen Unbehagen wie zuvor auf dem Freeway, als der »Chauffeur« sie beide unbeschadet bis in die Stadt brachte. O ja, er weiß aus Erfahrung, was der »sprechende Kopf« fertigbringt, wenn er ihm spät abends, müde, angeödet und betrunken, eine stumpfsinnige Party durchstehen hilft. Er kann Georges Lieblingstheorien automatisch abspulen – freilich nur solange sie unwidersprochen bleiben, sonst verwirrt es ihn. Außerdem weiß er mindestens drei Dutzend seiner besten Anekdoten auswendig. Aber *hier* im hellen Tageslicht und mitten auf dem Campus, wo George jede Sekunde auf der Bühne steht und seine Rolle beherrschen müßte! Oder sollten etwa der sprechende Kopf und der Chauffeur unter einer Decke stecken? *Planen sie am Ende eine Verschwörung?*

»Um auf diese Dinge gründlicher einzugehen, mein Lieber, haben wir jetzt wirklich nicht die Zeit«, antwortet er Dreyer nachsichtig. »Außerdem habe ich ohnehin vor, auf das Thema noch einmal zurückzukommen, die betreffende Ausgabe des ›Spectator‹ muß immer noch bei mir zu Hause liegen... Ach ja, haben Sie übrigens den Aufsatz über Norman Mailer gelesen, der vor ungefähr einem Monat im ›Esquire‹ stand? Das Beste, was mir seit langem unter die Augen gekommen ist...«

Der Hörsaal hat zwei Eingänge an der Längsseite, einen am vorderen, den anderen am hinteren Teil des Raumes. Die meisten Studenten betreten ihn von hinten, denn sie lieben es, sich mit einem geradezu aufreizenden Starrsinn zusammenzudrängeln und ihren Lehrern hinter einer Barrikade leerer Bänke gegenüberzusitzen. Aber in diesem Semester ist seine Klasse nur um ein geringes kleiner als der Raum fassen kann, so daß Zuspätkommende zu Georges heimlicher Genugtuung genötigt sind, sich mehr und mehr nach vorn zu setzen; schließlich müssen sie sogar bis in die zweite Reihe. Hinsichtlich der ersten Reihe, die von den meisten so verbissen gemieden wird, braucht sich George nicht zu sorgen, dort sitzen seine Stammhörer: Russ Dreyer, Tom Kugelman, Schwester Maria, Herr Stössel, Mrs. Netta Torres, Kenny Potter, Lois Yamaguchi.

Nie betritt George den Hörsaal mit Dreyer oder einem anderen Studenten zusammen. Ein tiefwurzelnder dramatischer Instinkt verbietet ihm das. Hierbei kommt ihm sein Arbeitszimmer zugute, das er eigentlich nur benutzt, um sich kurz vor Beginn der Stunde zurückzuziehen, um einen Moment später wieder herauszukommen und seinen Auftritt durchzuführen. Unterredungen mit Studenten führt er dort nicht durch, da diese Arbeitsräume von mindestens zwei Fakultätsmitgliedern geteilt werden und Dr. Gottlieb, der über »Dichter der Metaphysik« liest, sich fast immer dort aufhält. George bringt es nicht fertig, mit einem Menschen unter vier Augen zu sprechen, wenn er nicht mit ihm unter vier Augen ist. Selbst eine so harmlose Frage wie: »Was halten Sie *nun wirklich* von Emerson?« erhält etwas unschicklich Intimes, und eine so vorsichtig formulierte Kritik wie: »Was Sie da geschrieben haben, ist eine verkehrte Metapher, die nichts aussagt«, klingt unnötig hart, wenn am Nebentisch Dr. Gottlieb zuhört oder – was noch ärger ist – so tut, als höre er nicht zu. Aber Dr. Gottlieb empfindet das nicht so, wahrscheinlich handelt es sich hier um einen typisch britischen Skrupel.

Jetzt also trennt sich George von Dreyer und geht in das Arbeitszimmer. Es liegt gleich gegenüber auf dem Flur. Gottlieb ist nicht da – was für ein Wunder! George schickt einen verstohlenen Blick durch die heruntergelassene Jalousie und sieht, wie in weiter Ferne die beiden Tennisspieler noch immer spielen. Er hüstelt, fingert am Telefonbuch herum, ohne nachzuschlagen, schiebt am Schreibtisch eine leere Schublade zu, die ein wenig offen stand. Dann dreht er sich abrupt um, nimmt seine Aktentasche aus dem Wandschrank, verläßt das Zimmer und geht über den Korridor auf die vordere Lehrsaaltür zu.

Nach herkömmlichen Maßstäben vollzieht sich sein Auftritt ganz undramatisch. Trotzdem stellt sich ein kunstvoll angelegter, theatralischer Effekt ein. Wenn George eintritt, wird es nicht still, die meisten Studenten sprechen weiter, doch alle erwarten, daß er ein noch so geringfügiges Zeichen gibt und die Vorlesung beginnt. Die Wirkung beruht in einer kaum merklichen, sich aber allmählich steigernden Spannung, einerseits hervorgerufen durch Georges provokative Weigerung, dieses Zeichen zu geben, andererseits durch die stillschweigende Übereinkunft der Studenten, nicht eher mit dem Sprechen aufzuhören, bis er es gegeben hat.

In der Zwischenzeit entnimmt er langsam und bedächtig wie ein Magier seiner Aktentasche ein einzelnes Buch und legt es auf das Lesepult. Währenddessen streift sein Blick ihre Gesichter.

Seine Lippen ziehen sich zu einem schwachen, doch deutlichen Lächeln zusammen. Einige lächeln zurück. Diese offene Konfrontation findet George außerordentlich erheiternd, er zieht Kraft aus diesem Lächeln, diesen blanken, leuchtenden, jungen Augen, für ihn ist dies ein Gipfelpunkt des Tages. Dabei kommt er sich brillant, herausfordernd, lebenswichtig, leicht geheimnisumwittert und vor allem *fremd* vor. Sein untadelig dunkler Anzug, das weiße Oberhemd mit Krawatte (der einzige Schlips im ganzen Raum) heben sich kompromißlos exotisch ab von der aggressiv virilen Formlosigkeit der jungen Studenten. Die Mehrzahl trägt Turnschuhe mit weißen Wollsocken, Blue Jeans bei kaltem und Shorts bei warmem Wetter (die modischen, hautengen Bermudashorts gelten als unschicklich). Wird es aber richtig warm, krempeln sie die Ärmel hoch und lassen bisweilen die Hemden demonstrativ offen, um die behaarte Brust und ein Christophorus-Medaillon zu zeigen. Sie sehen aus, als könnten sie jede Minute vom Studieren auf Grabenkrieg oder Bandenkampf umschalten. Sie kommen einem vor wie lauter ungefüge große Jungen; im Gegensatz zu den Mädchen, denn diese sind dem Teenagerstadium von Caprihosen, zerknautschten Hemdblusen und riesig toupierten Frisuren längst entwachsen. Reife Frauen sind das, die zum Unterricht wie zu einer offiziellen Party erscheinen.

George stellt fest, daß an diesem Vormittag seine Stammhörer vollzählig in der ersten Reihe sitzen. Dreyer und Kugelman sind die beiden einzigen, die er extra darum gebeten hat, die Lücke aufzufüllen; die übrigen haben ihre eigenen Gründe. Dreyer folgt George im Unterricht mit einer ermutigenden Aufmerksamkeit, aber George weiß, daß Dreyer von ihm nicht wirklich beeindruckt ist. Für Dreyer wird er immer ein akademischer Amateur bleiben, dessen Hintergrund britisch und deshalb zweifelhaft ist. Aber schließlich ist George hier der »Mannschaftsführer«, »der Alte«; und wenn Dreyer seine Autorität unterstützt, unterstützt er auch das Wertsystem, in dem er selber eines Tages aufzusteigen beabsichtigt. Daher liegt ihm daran, daß George brilliert und die Außenstehenden – genauer gesagt: jeden anderen in der Klasse – beeindruckt. Das Ulkige daran ist, daß Dreyer im klaren Bewußtsein absoluter Loyalität ganz ungeniert mit Kugelman, *seinem* Adjutanten, flüstert. Jedesmal, wenn das geschieht, hat George den sehnlichen Wunsch, seine Rede zu unterbrechen und zuzuhören, was sie über ihn zu sagen haben. Instinktiv weiß er, daß Dreyer es nicht im Traum einfallen würde. über jemand anderen zu reden, denn das wäre ja »schlechtes Betragen«.

Schwester Maria gehört einem katholischen Schulorden an. Bald wird sie ihr Diplom erhalten und selber unterrichten. Bei ihr haben wir es zweifellos mit einer ganz normalen, nicht weiter schöpferischen, aber rechtschaffen arbeitenden, gütigen jungen Frau zu tun; und sie sitzt bestimmt ganz vorn, um ihrer Konzentrationsfähigkeit nachzuhelfen, vielleicht aber auch, weil sie die jungen Männer noch ein bißchen interessieren und sie es vermeiden will, sie anzuschauen. Wir aber, jedenfalls die allermeisten von uns, geraten in Gegenwart einer Nonne aus dem Gleichgewicht; und George, so hautnah dieser Braut Christi in ihrer kompromißlosen mittelalterlichen Tracht ausgesetzt, befindet sich in einer verwirrenden Defensive. Ein Rekrut wider Willen in den Legionen der Hölle, so steht er Auge in Auge der Soldatin des Himmels an der Frontlinie eines mehr als höflich geführten Kalten Krieges gegenüber. In jedem Satz, den er an sie persönlich richtet, spricht er sie mit »Schwester« an; etwas, was sie wahrscheinlich am wenigsten hören möchte.

Herr Stössel sitzt in der vordersten Reihe, weil er schwerhörig und erst vor kurzem aus Europa eingetroffen ist; sein Englisch ist furchterregend.

Ebenfalls im vorgeschrittenen Alter ist Mrs. Netta Torres. Sie scheint an diesem Kurs mehr aus Neugierde teilzunehmen oder um ihre Zeit totzuschlagen. Sie erweckt den Eindruck einer geschiedenen Frau. Sie sitzt ganz vorn, weil sich ihr Interesse offen und brutal auf George als George konzentriert. Sie sieht ihm mehr zu, als daß sie ihm zuhört. Ja, sie scheint seine Worte sogar indirekt »abzulesen« mit Hilfe einer Art Blindenschrift, die sie sich aus seinen Gesten, Manierismen und sprachlichen Modulationen zurechtgemacht hat, und begleitet wird diese fast peinliche Prüfung von einem mütterlichen Lächeln, denn für Mrs. Torres ist George eben noch ein kleiner Junge, und schon so aufgeweckt. Liebend gern würde George sie ausbooten und ihr den Mut nehmen, weiter an seinem Kursus teilzunehmen, indem er ihr schlechte Noten erteilt, doch leider, leider ist ihm das verwehrt. Mrs. Torres ist eine ebenso gute Zuhörerin wie Beobachterin. Wenn es darauf ankommt, kann sie jedes Wort wiederholen, das er gesagt hat.

Kenny Potter sitzt in der vordersten Reihe, weil er das ist, was man heutzutage ausgeflippt nennt, das heißt, er tut mit Vorliebe das Gegenteil von dem, was die Mehrzahl tut, allerdings nicht aus einem bestimmten Prinzip heraus und schon gar nicht aus Aggressivität. Vermutlich schwankt er noch zu sehr, um den Stammessitten und Gebräuchen Beachtung zu schenken und ist zu bequem, um sie zu befolgen. Er ist ein hochaufgeschossener, schlaksiger Junge mit sehr breiten, herabhängenden Schultern, goldroten Haaren, einem kleinen Kopf und schmalen, leuchtend blauen Augen. Nach allgemeinen Begriffen wäre er ein hübscher Junge, wenn er nicht eine riesige Nase hätte, aber eine nette; ein großes, spaßiges Organ.

George ist sich der Gegenwart von Kenny im Raum beinahe ständig bewußt, was aber nicht bedeutet, daß er Kenny als Verbündeten betrachtet. Oh, nein – Kenny ist nie ganz zu trauen. Manchmal, wenn George einen Scherz gemacht hat und Kenny in sein tiefes, reichlich ungestümes Gelächter ausbricht, hat George den Eindruck, ausgelacht zu werden. Dann wiederum, wenn das Lachen um den Bruchteil einer Sekunde zu spät kommt, hat George das komische Gefühl, daß Kenny nicht über den Scherz lacht, sondern über die ganze Situation: über das Erziehungssystem des Landes und alle die wirtschaftlichen, politischen und psychologischen Kräfte, die sie hier in diesen Lehrsaal zusammengeführt haben. In solchen Augenblicken steigt in George der Verdacht auf, Kenny begriffe das Leben in seiner innersten Bedeutung – daß er tatsächlich eine Art Genie sei (obgleich man das aus seinen schriftlichen Arbeiten nie erraten würde). Es könnte auch sein, daß Kenny für sein Alter eben noch sehr jung ist und sein Charme und seine Albereien irreführen.

Lois Yamaguchi sitzt natürlich neben Kenny, weil sie seine Freundin ist; zumindest sind die beiden fast immer zusammen. Sie lächelt George manchmal in einer Weise an, daß er sich Gedanken macht, ob sie und Kenny sich Witze über ihn erzählen – aber wer kann das schon erraten bei diesen rätselhaften Asiaten? Alexander Mong lächelt auch rätselhaft, obschon man bei ihm sicher sein kann, daß er nichts anderes als Ölfarben in seinem wunderschönen Kopf hat. Lois und Alexander sind bei weitem die schönsten Geschöpfe in der Klasse. Ihre Schönheit gleicht der Schönheit von Pflanzen, ungestört durch Eitelkeiten, Ängste und Anstrengungen.

Währenddessen hat die allgemeine Spannung zugenommen. George hat die Geschwätzigen weiter angelächelt und dabei sein wunderbar provozierend melodramatisches Schweigen bewahrt. Und jetzt endlich, nachdem fast vier volle Minuten vergangen sind, hat sein Schweigen sie erobert. Das Gerede ebbt ab. Diejenigen, die schon still geworden sind, bringen die übrigen zum Schweigen, George hat gesiegt. Aber sein Triumph hält nur einen Augenblick an. Denn nun muß er seinen eigenen Bann brechen, denn nun muß er alles Geheimnisvolle ablegen und wird zu einem ganz gewöhnlichen Lehrer, auf den die Klasse hören muß, ganz gleich ob er herumschwätzt, stammelt oder mit Engelszungen redet. Dank der Macht, die ihm der Staat von Kalifornien verliehen hat, muß ihm die Klasse zuhören, er kann sie dahin bringen, sich seinen krassesten Vorurteilen, seinen kapriziösesten Launen zu beugen und alles nur aus einem einzigen Grund: Wie kann ich dieses rechthaberische alte Monster so beeindrucken, bezirzen oder reinlegen, damit es mir gute Zensuren gibt?

Ja, leider muß er jetzt alles verderben. Jetzt muß er den Mund auftun.

»Nach mancherlei Sommern *stirbt* der Schwan.«

George läßt die Worte mit einem so gestochenen, so schamlos pikanten Beigeschmack über die Zunge rollen, daß es fast wie eine Parodie auf W. B. Yeats klingt. (Er unterstreicht das »stirbt« mit großem Aplomb, um einen Ausgleich für das »Und« zu schaffen, das Aldous Huxley am Anfang der Verszeile weggelassen hat.) Nachdem es ihm so gelungen ist, sie wenigstens wachzurütteln oder aufzustören, blickt er ironisch grinsend durch den Raum, um gemessen und schulmeisterlich zu sagen: »Ich nehme an, Sie alle haben inzwischen den Roman von Huxley gelesen, wie ich Ihnen vor drei Wochen anriet.«

Aus dem Augenwinkel bemerkt er Bestürzung bei Buddy Sorensen, was bei ihm nichts Neues ist, ebenso das indignierte Achselzucken von Estelle Oxford, was schon ernster zu nehmen ist. Estelle ist eine seiner klügsten Studentinnen. Weil sie so klug ist, ist sie sich ihrer schwarzen Hautfarbe um so mehr bewußt, sie ist geradezu überempfindlich. George hat den Verdacht, daß sie ihn aller möglichen subtilen Diskriminierungen verdächtigt. Wahrscheinlich ist sie überhaupt nicht im Lehrsaal gewesen, als er ihnen den Roman zu lesen aufgab. Zu dumm! Er hätte es gleich bemerken und ihr hinterher Bescheid sagen sollen. Er ist ihr gegenüber ein bißchen eingeschüchtert, er hat sie auch gern, und es tut ihm leid.

»Nun ja«, sagt er so nett er kann, »es ist auch nicht so wichtig, wenn jemand von Ihnen das Buch noch nicht gelesen hat. Hören Sie nur gut zu, was heute gesagt wird, und dann können Sie ja selber nachlesen und sehen, ob Sie gleicher oder anderer Ansicht sind.«

Er sieht Estelle an und lächelt. Sie lächelt zurück. Diesmal ist alles gutgegangen.

»Der Titel ist natürlich ein Zitat aus Tennysons Gedicht *Tithonus*. Übrigens, da wir schon dabei sind – wer *war* Tithonus eigentlich?«

Allgemeines Schweigen. Er blickt von einem Gesicht zum anderen. Niemand weiß es. Selbst Dreyer hat keine Ahnung. Wie typisch das wieder ist! Tithonus kümmert sie nicht, weil er zu weit weg ist: Huxley, Tennyson, Tithonus. Bis Tennyson sind sie vorbereitet, aber keinen Schritt weiter, da hat ihre Neugier ein Ende. *Im Grunde genommen ist ihnen ja alles scheißegal...*

»Sie wollen mir doch nicht *ernsthaft* sagen, daß keiner von Ihnen weiß, wer Tithonus war? Daß keiner sich die Mühe gemacht hat, es herauszufinden? Schön, dann gebe ich Ihnen den guten Rat, daß Sie einen Teil Ihres Wochenendes darauf verwenden, die *Griechische Mythologie* von Ranke-Graves zu studieren *und* auch das Gedicht. Ich muß schon sagen, ich begreife nicht, wie jemand vorgeben kann, sich für einen Roman zu interessieren, wenn er sich nicht einmal die Frage stellt, was sein Titel bedeutet.«

Kaum hat er sich abgeregt, ist George über seine unbeherrschte Aufwallung bestürzt. Mein Gott, ist er wieder ausfallend! Und das schlimmste: Es geht so schnell, daß er nie merkt, wann er außer Kontrolle gerät. Beschämt, und ihrer aller Augen ausweichend – Kenny Potters besonders –, heftet er jetzt seinen Blick auf die gegenüberliegende Wand.

»Gut – lassen Sie uns mit dem Anfang beginnen: Aphrodite ertappte eines Tages ihren Geliebten Ares im Bett zusammen mit Eos, der Göttin der Morgenröte. (Sie informieren sich bei der Gelegenheit am besten gleich über alle drei.) Natürlich war Aphrodite darüber wütend, so belud sie Eos mit dem Fluch, sich in hübsche, sterbliche Jünglinge zu verlieben – sie wollte ihr eine Lehre erteilen, in Zukunft nicht mehr anderer Leute Götter zu belästigen.« (Für diesen Satz erntet George ein zaghaftes Lachen und ist erleichtert; er hatte befürchtet, sie würden beleidigt sein.)

Ohne den Blick von der Wand zu nehmen, fährt er mit einem Grinsen in der Stimme fort: »Das Ganze war Eos furchtbar peinlich, doch sie konnte sich einfach nicht beherrschen und so fing sie an, irdische Jünglinge zu entführen und zu verführen. Tithonus *war* einer von diesen Jünglingen. Selbstverständlich holte sie sich auch seinen Bruder Ganymed – zur Gesellschaft.« (Stärkeres Lachen, diesmal von verschiedenen Seiten.) »Unglücklicherweise wurde Zeus auf Ganymed aufmerksam und verliebte sich in ihn bis über beide Ohren.« (Sollte sich Schwester Maria hier schokkiert fühlen, ist's nicht zu ändern. George blickt nicht sie an, sondern sieht zu Wally Bryant hinüber – über den er sich zur Genüge im klaren ist – und Wally schüttelt sich auch schon vor Entzücken.) »Eos war sich klar darüber, daß sie Ganymed unter diesen Umständen aufgeben mußte und bat Zeus, ob er dafür nicht Tithonus unsterblich machen könne. Zeus sagte natürlich zu – warum auch nicht? – und tat wie gewünscht. Aber Eos war ja so dumm, sie vergaß Zeus gleichzeitig darum zu bitten, Tithonus auch noch ewige Jugend zu verleihen. Das wäre ganz leicht gewesen. Selene, die Göttin des Mondes, hatte auch schon ihrem Freund Endymion dazu verholfen. Die einzige Schwierigkeit in diesem Falle beruhte darin, daß Selene nichts anderes als Küssen im Kopf hatte, wohingegen Endymion auch noch andere Gedanken hegte; somit versetzte sie ihn in ewigen Schlaf, um ihn bewegungslos zu halten. Es macht wirklich keinen Spaß, schön zu sein bis in alle Ewigkeit, wenn man nicht aufwachen und sich im Spiegel betrachten darf.« (Nahezu jeder lacht jetzt, sogar Schwester Maria. George frohlockt, denn nichts ist ihm so verhaßt wie Unstimmigkeiten.) »Wo war ich gleich stehengeblieben? Ach ja –

also wurde aus dem armen Tithonus allmählich ein unsterblicher, abstoßender alter Mann...« (Lautes Gelächter.) »Und Eos, in der für eine Göttin so charakteristischen Herzlosigkeit, langweilte sich mit ihm und sperrte ihn ein. Und er vertrottelte und vergreiste immer mehr, seine Stimme wurde schriller und schriller, bis er sich eines Tages plötzlich in eine *Cicada* verwandelte.«

An dieser Stelle ist die Ausbeute an Applaus ausgesprochen gering. George hat es erwartet. Herr Stössel ist ganz aufgeregt, weil ihm offenbar das Letzte unverständlich geblieben ist. In verzweifelten Flüstertönen wendet er sich an Dreyer. Dreyer flüstert Erklärungen zurück, die weitere Mißverständnisse hervorrufen. Endlich kapiert er und ruft in seiner Muttersprache vorwurfsvoll aus: »Ach so – eine Zikade!« – als spräche George und die gesamte anglo-amerikanische Welt das Wort falsch aus. George legt von neuem los – jetzt aber in einem anderen Ton. Er tut ihnen nicht mehr schön, er unterhält sie nicht mehr, jetzt spricht er brüsk und autoritär auf sie ein mit der Stimme eines Richters, der aus dem Ganzen die Summe zieht und die Geschworenen aufrüttelt.

»Huxleys Gründe für die Wahl dieses Titels sind klar. Wir müssen uns also die Frage stellen, inwieweit sich dieser Titel im einzelnen auf die Umstände der Handlung anwenden läßt. Die Figur des Earl von Gonister zum Beispiel kann als ein Gegenstück zu Tithonus gewertet werden, denn er wird am Ende zu einem Affen, wie Tithonus zu einem Insekt geworden ist. Wie aber sieht die Sache bei Jo Stoyte aus? Und was machen wir mit Dr. Obispo? Er gleicht eher Goethes Mephistopheles als Zeus. Und wer ist Eos? Bestimmt nicht Virginia Maunciple – schon aus dem einfachen Grunde, weil sie nicht gern früh aufsteht.« Niemand erkennt den Witz. Aber George kann es sich trotz aller schlechten Erfahrungen nun einmal nicht verkneifen, seinem englischen Humor freien Lauf zu lassen. Leicht pikiert durch das Ausbleiben von Applaus, fährt er mit fast einschüchternder Stimme fort: »Aber ich sehe schon, ehe wir weitergehen können, müssen Sie sich erst klarwerden, was dieser Roman eigentlich bedeutet.«

Damit verbringen sie nun den Rest der Stunde.

Zuerst herrscht wie immer gähnendes Schweigen. Die Klasse sitzt da und starrt auf das semantische Wortungeheuer. *Bedeutet.*

Worum geht es? Besser: Was will George von ihnen hören? Sie werden ihm ohnehin alles sagen, was er hören will. Denn bei aller akademischen Ausbildung betrachten sie im Grunde ihres Herzens diese Suche nach dem Sinn als überflüssige Spitzfindigkeit. Die Minderheit aber, die die Suche nach dem Sinn kultiviert, bis sie ihnen zur zweiten Natur geworden ist, und die davon träumt, eines Tages selber ein Buch über Faulkner, Henry James oder Joseph Conrad zu schreiben, um zu beweisen, daß alle früheren Bücher zum gleichen Thema nichts aussagen – sie machen ihren Mund vorläufig überhaupt nicht auf. Sie warten auf den passenden Moment, wo sie vortreten und wie Stardetektive die Lösung des Falls Huxley auf den Tisch legen können. Inzwischen sollen sich die Grünschnäbel abmühen. Denn zuerst muß der Grund aufgewühlt werden.

Der Grund wird entgegenkommenderweise von Alexander Mong aufgewühlt. Er weiß natürlich, was er damit anrichtet. Er ist ja nicht dumm. Es gehört vielleicht zu seiner Philosophie als abstrakter Maler, alles Figürliche als kindisch zu betrachten. Ein Angehöriger der weißen Rasse an seiner Stelle würde aufgebracht und angriffslustig sein, aber nicht er. Mit seinem wunderschönen chinesischen Lächeln erklärt er: »Es geht da um diesen reichen Kerl, der eifersüchtig ist, weil er Angst hat, daß er zu alt für das Mädchen ist und denkt, der junge Kerl hat es mit ihr – dabei hat der's gar nicht – und der Alte hat sowieso keine Chance, weil sie schon mit dem Doktor ein Verhältnis hat. So erschießt der reiche Kerl den jungen Laffen aus Versehen, der Doktor verschafft ein Alibi, und dann fahren alle nach England, wo sie diesem Earl begegnen, der mit seiner Baroneß im Keller herumalbert.«

Stürmische Begeisterung. George lacht kameradschaftlich mit und sagt: »Sie haben Mr. Pordage und Mr. Propter vergessen – was passiert mit ihnen?«

»Pordage? Ach ja, das ist der, der dahinterkommt, daß der Earl diese komischen Fische frißt...«

»Karpfen.«

»Richtig! Und Propter...« Alexander grinst, kratzt sich am Kopf und zieht es noch mehr ins Lächerliche. »Leider, Sir, muß ich hier passen, ich bin zwar bis halb drei aufgeblieben, aber auf die Schliche bin ich dem alten Kater nicht gekommen. Für mich ist das einfach zu hoch.«

Weiteres Gelächter. Alexander hat seine Funktion erfüllt. Er hat den Fall sensationell ausgebreitet und mundgerecht für die Philister gemacht. Die Zungen sind gelockert, und nun kann die gerichtliche Untersuchung weitergehen.

Hier einige Befunde:

Mr. Propter hätte nicht erklären sollen, das *Ego* sei etwas Unwirkliches; damit beweist er nur, daß er keinen Glauben in die menschliche Natur besitzt.

Dieser Roman ist dürr und nichts wie abstrakter Mystizismus. Schließlich – wozu brauchen wir eigentlich Ewigkeit?

Dieser Roman ist nicht dumm, aber zynisch. Huxley sollte etwas mehr auf die warmen menschlichen Gefühle bauen.

Dieser Roman ist eine großartige geistige Predigt. Er lehrt uns, daß wir nicht dazu ausersehen sind, unsere Nase in die Geheimnisse des Lebens zu stecken. Wir haben kein Recht, mit der Ewigkeit zu feilschen.

Huxley macht sich's reichlich bequem. Er möchte die Menschen abschaffen, um die Welt für die Tiere und Geister sicherzustellen.

Zu behaupten, die Zeit ist böse, weil Böses in der Zeit passiert, ist genauso, als wollte man behaupten, der Ozean ist ein Fisch, weil es im Ozean Fische gibt.

Mr. Propter hat kein Liebesleben und kann schon deshalb nicht als Romanfigur überzeugen.

Im Liebesleben von Mr. Pordage stimmt etwas nicht.

Mr. Propter ist ein Demokrat, ein Anarchist, ein Bolschewik.

Mr. Propter ist ein Eskapist. Das geht aus dem Gespräch mit Pete über den spanischen Bürgerkrieg hervor. Pete ist ein guter Kerl gewesen, bis er der Gehirnwäsche von Mr. Propter erliegt, einen Nervenzusammenbruch bekommt und anfängt, an Gott zu glauben.

Huxley versteht sich wirklich auf Frauen.

Virginia eine rosafarbene Vespa fahren zu lassen, ist eine glänzende Idee.

Und so weiter und so fort...

George steht da, lächelt, sagt sehr wenig und läßt sie sich amüsieren. Er präsidiert gleichsam über dem Roman wie ein Büttenredner, der die Menge im Karneval dazu ermuntert, ihre lockeren Pfeile abzuschießen. Alles ist guter, sauberer Spaß. Und doch gilt es, gewisse Grundregeln einzuhalten. Wenn jemand anfängt, über Mescalin und Kupfervitriol zu reden, um damit anzudeuten, daß Mr. Huxley nur einen Schritt vom Rauschgiftsüchtigen entfernt war, widerspricht ihm George ganz entschieden. Oder wenn ein anderer den spröden Versuch unternimmt, aus dem Buch einen pikanten Schlüsselroman zu machen – besteht da nicht, bzw. konnte da nicht eine Verbindung bestehen zwischen einer gewissen notorisch bekannten Dame und der Erschießung von Pete durch Jo Stoyte? –, fährt George mit einem absoluten »Nein« dazwischen; denn *dieses* Märchen wurde schon in den dreißiger Jahren in die Welt gesetzt.

Und jetzt kommt eine Frage, die George bereits erwartet hat. Natürlich wird sie von Myron Hirsch gestellt, der überall Antisemitismus wittert. »Sir, hier auf Seite neunundsiebzig sagt Mr. Propter, die dümmste Textstelle in der Bibel ist die, wo es heißt, ›*sie haßten mich ohne Grund*‹. Soll das heißen, daß die Nazis die Juden mit Recht gehaßt haben? Ist Huxley ein Antisemit?«

George holt tief Atem. »Nein«, antwortet er sanft.

Und dann, nach einer Pause abwartenden Schweigens – die Klasse ist durch Myrons Plumpheit ziemlich gespannt – wiederholt er laut und streng: »Nein – Mr. Huxley ist *kein* Antisemit. Die Nazis hatten *kein* Recht, die Juden zu hassen. Doch ihr Judenhaß war *nicht* ohne Grund. *Kein* Mensch hat je ohne Grund gehaßt.

Aber wollen wir hier nicht die Juden aus dem Spiel lassen? Heutzutage kann man über die Juden nicht objektiv diskutieren, ganz gleich, welche Einstellung man hat, und das wird wahrscheinlich in den nächsten zwanzig Jahren so bleiben. Wir können die Frage ja auch am Beispiel jeder anderen Minderheitengruppe behandeln, nur sollte sie nicht organisiert sein und offizielle Kommissionen zu ihrer Verteidigung haben ...«

George blickt eindringlich zu Wally Bryant hinüber; es ist ein Blick, der besagt: Ich bin auf deiner Seite, kleine Minderheiten-Schwester. Wally ist schwammig und blaß und die Sorgfalt, mit der er seine gewellten Haare kämmt, sich die Fingernägel poliert und heimlich die Augenbrauen ausrasiert, macht ihn auch nicht appetitlicher. Offensichtlich hat er Georges Blick verstanden und ist verlegen. Aber das macht nichts! George wird ihm jetzt eine Lektion erteilen, die er sobald nicht wieder vergißt. Wird sein Augenmerk auf seine furchtsame Seele lenken. Wird ihm den Mut geben, seine Nagelfeile wegzuwerfen und der Wahrheit über sein Leben ins Auge zu sehen...

»Menschen mit Sommersprossen zum Beispiel werden von den Nicht-Sommersprossigen nicht als Minderheit angesehen. Und sie *sind* auch keine Minorität in unserem Sinne. Warum nicht? Weil eine Minorität nur dann als Minderheit behandelt wird, wenn sie eine wirkliche oder eingebildete Bedrohung für die Majorität darstellt. Und es gibt keine Bedrohung, die *gänzlich* aus der Luft gegriffen wäre. Oder ist da jemand anderer Ansicht? Wenn ja, dann fragen Sie sich bloß selber einmal: Was würde diese Minorität machen, wenn aus ihr über Nacht plötzlich die Majorität werden würde? Verstehen Sie, was ich meine? Wenn nicht, denken Sie mal darüber nach.

Gut. Jetzt kommen die Liberalen – und dazu zähle ich selbstverständlich jeden einzelnen in diesem Raume – und sagen: ›Minoritäten sind auch bloß Menschen wie wir.‹ Gewiß, Minoritäten sind auch Menschen – *Menschen* und keine Engel. Gewiß, sie sind wie wir – aber nicht *genau* wie wir; hier haben wir's nämlich mit der typischen liberalen Zwangsvorstellung zu tun, wo man sich selber etwas vormacht und am Ende ehrlich davon überzeugt ist, daß zwischen einem Neger und einem Schweden keinerlei Unterschied besteht...« (Doch ach! Warum, warum nur darf George es sich nicht herausnehmen und sagen: »Zwischen Estelle Oxford und Buddy Sorensen?« Wagte er das, würde aller Wahrscheinlichkeit nach ein atomares Gelächter ausbrechen, alles würde sich in die Arme fallen und der Himmel auf Erden könnte anbrechen, gleich hier im Lehrsaal 278.)

»Also, seien wir uns darüber klar: Minoritäten sind Menschen, die sich möglicherweise von uns durch ihr Aussehen, ihr Handeln und Denken unterscheiden und die Fehler an sich haben, die wir nicht haben. Wir können gegen die Art, wie sie aussehen und sich benehmen, eine Abneigung hegen, und ihre Fehler hassen. Aber es ist immer noch *besser,* wenn wir unsere Abneigungen und Haßgefühle zugeben, als wenn wir unsere Gefühle mit pseudoliberaler Sentimentalität verbrämen. Gehen wir offen und ehrlich mit unseren Empfindungen um, dann schaffen wir uns damit ein Sicherheitsventil; und wenn wir ein Sicherheitsventil besitzen, ist es wesentlich weniger wahrscheinlich, daß wir andere Menschen verfolgen. Ich weiß, dieser Glaubenssatz ist heutzutage nicht modern. Wir alle bemühen uns, beharrlich zu glauben, daß, wenn wir etwas lange genug ignorieren, dieses Etwas aus der Welt geschafft wird...

Wo war ich stehengeblieben? Ach ja: Angenommen, diese Minorität wird jetzt verfolgt – ganz gleich aus welchen politischen, wirtschaftlichen oder psychologischen Gründen. *Gründe* gibt es immer, ganz gleich, *wie* falsch sie sein mögen – das ist meine Meinung. Natürlich ist Verfolgung an sich immer falsch; darin sind wir uns doch wohl alle einig. Das Schlimme dabei ist, daß wir hier auf eine weitere liberale Ketzerei stoßen. Der Liberale sagt sich: *weil* die verfolgende Mehrheit gemein ist, *deshalb* muß die verfolgte Minderheit makellos rein sein. Sehen Sie nicht, was für ein Unsinn das ist? Müssen unbedingt alle christlichen Opfer in der römischen Arena Heilige gewesen sein?

Und noch etwas will ich Ihnen sagen: Eine Minderheit hat ihre eigene Art der Aggression. Sie fordert die Majorität durchaus heraus, sie anzugreifen. Sie haßt die Majorität – und nicht ohne Grund, das will ich gern einräumen. Sie haßt sogar alle anderen Minderheiten, weil alle Minderheiten untereinander in Konkurrenz stehen: jede verkündet, daß ihre Leiden die schlimmsten und ihre Kränkungen die tiefsten seien. Und je mehr sie alle hassen, je mehr sie verfolgt werden, um so unangenehmer werden sie! Oder meinen Sie, ein Mensch wird dadurch unangenehm, daß er geliebt wird? Doch wohl kaum! Warum sollte es ihn dann ausgerechnet nett und artig machen, wenn er verabscheut wird? Wer verfolgt wird, haßt seine Verfolger, er lebt nur noch in einer Welt aus Haß. Das geht sogar so weit, daß man nicht mehr die Liebe erkennt, der man begegnet! Man mißtraut sogar der Liebe! Man denkt, dahinter steckt etwas, ein Motiv, ein Trick...«

Hier angekommen, weiß George nicht mehr, was er bewiesen, was er widerlegt hat, auf wessen Seite er streitet oder worüber er nun eigentlich gesprochen hat. Und dennoch sind ihm diese Sätze alle mit einer echten Leidenschaft herausgeplatzt und jeden einzelnen, ob vernünftig oder unvernünftig, hat er auch so gemeint. Er hat sie ausgeteilt wie Peitschenhiebe, um Wally wachzurütteln, ebenso auch Estelle und Myron, und sie alle. Wer Ohren hat zu hören, der höre...

Wally sieht weiterhin verlegen aus – aber er ist weder niedergeschlagen noch erwacht. Seine Augen sind auf einen Punkt an der Wand hinter George gerichtet, aller Augenpaare sind dorthin gerichtet, und George braucht sich gar nicht erst umzudrehen, um zu wissen, daß sie alle auf die verdammte Uhr da an der Wand gerichtet sind. Er hat die Zeit überschritten. Brüsk bricht er ab mit den Worten: »Montag werden wir damit fortfahren.« Im selben Augenblick steht alles auf den Beinen, sammelt die Bücher zusammen und bricht in belangloses Geplauder aus.

Na ja, was kann man anderes von ihnen erwarten? Sie müssen sich beeilen, die meisten jedenfalls, um innerhalb der nächsten zehn Minuten irgendwo in einem anderen Lehrsaal zu sein. Trotzdem ist George verärgert. Lange genug ist es her, daß er so in Fahrt gekommen ist und die Zeit vergessen hat. Wie demütigend! Dem albernen alten Professor sind in seiner Begeisterung die Pferde durchgegangen, und die eigene Klasse denkt nur an das Ende der Stunde. George haßt sie, haßt sie und ihre grundsätzlich rohe, gefühllose Gleichgültigkeit. Wieder einmal wurde der Diamant dem Volk für einen Nickel angepriesen und wieder hat es dem alten Hausierer mit einem Achselzucken den Rücken gekehrt.

George lächelt deshalb mit einem besonderen Wohlwollen die drei an, die sich hinter ihm mit einigen Fragen herumdrücken. Doch Schwester Maria möchte lediglich wissen, ob sie für das angesetzte Schlußexamen alle Bücher lesen müsse, die Mr. Huxley in seinem Roman erwähnt. George denkt sich, wie amüsant es sein müßte, wenn er jetzt »Ja« sagen würde, einschließlich *Die 120 Tage von Sodom.* Aber er tut's natürlich nicht, sondern beruhigt sie, und sie geht glücklich hinweg, erleichtert um eine große akademische Last.

Und dann möchte sich Buddy Sorensen entschuldigen. »Es tut mir leid, Sir, daß ich den Huxley nicht gelesen hatte, aber ich dachte mir, Sie würden es vorher mit uns durchnehmen.« Ist das nun schiere Idiotie oder Verschlagenheit? »Weg mit der Bombe!« sagt George und blickt auf Buddys Button; und Buddy, zu dem er dies schon öfter gesagt hat, grinst glücklich: »Ja, Sir, darauf können Sie sich verlassen!«

Mrs. Netta Torres möchte wissen, ob Mister Huxley ein bestimmtes englisches Dorf für den Namen Gonister im Sinne gehabt habe. George kann ihr das nicht beantworten, er kann ihr nur erklären, daß Obispo und Stoyte und Virginia, wenn sie sich auf die Suche nach dem Earl begeben, augenscheinlich London in südwestlicher Richtung verlassen, so daß Gonister höchstwahrscheinlich in Hampshire oder Sussex gelegen sein müßte… Doch wird jetzt klar, daß Mrs. Torres' Frage nur ein Vorwand gewesen ist. Sie hat das Thema England angeschnitten, um ihm damit anzudeuten, daß sie vor zehn Jahren drei unvergeßliche Wochen dort zugebracht hat; wenn auch die meiste Zeit in Schottland und nur den Rest in London. »Jedesmal, wenn Sie zu uns sprechen«, sagt sie und ihre Augen blicken ihn inbrünstig an, »werde ich an das schönklingende Englisch erinnert. Wie Musik ist das.« (George ist nahe daran, sie zu fragen, ob sie Cockney-Englisch meint.) Und jetzt will Mrs. Torres unbedingt den Namen seines Geburtsortes wissen. Er nennt ihn, aber ihr bedeutet er gar nichts. Diesen Verlegenheitsmoment bei ihr benutzt er, um das *tête-à-tête* zu beenden.

Wiederum erweist sich das Arbeitszimmer als nützlich – er verschwindet in ihm, um Mrs. Torres zu entrinnen. Dort findet er Dr. Gottlieb vor.

Gottlieb ist außer sich, weil er aus England ein neues Buch über *Francis Quarles* zugeschickt bekommen hat, dessen Autor Ordinarius in Oxford ist. Gottlieb weiß über Quarles in jeder Hinsicht genauso viel wie der Ordinarius, aber Oxford, das sich da in all seiner akademischen Erhabenheit hinter diesem Ordinarius, seinem geistigen Sprößling, auftürmt, flößt dem armen kleinen Gottlieb übermäßigen Respekt ein, denn er selbst hat das Licht der Welt im falschen Viertel von Chicago erblickt. »Da merkt man erst, was für einen Hintergrund der Mensch braucht, um eine Arbeit wie diese fertigzubringen«, meint er, und George wird es ganz traurig zumute, da Gottlieb sich offensichtlich über alles im Leben danach sehnt, sich in jenen elenden Ordinarius verwandeln zu können, um dann auch so eine spielerisch-boshafte und verkniffene Prosa zu schreiben.

Nachdem er das Buch einen Augenblick in die Hand genommen und mit angemessener Ehrfurcht durchgeblättert hat, spürt George, daß er nunmehr etwas zu essen haben muß. Als er aus dem Gebäude tritt, fällt sein Blick zuerst auf Kenny Potter und Lois Yamaguchi. Beide sitzen unter einem der frisch gepflanzten Bäumchen auf dem Rasen. Ihr Bäumchen ist sogar noch kleiner als die übrigen, es trägt kaum ein Dutzend Blätter. Sich darunter niederzulassen, ist an sich lächerlich, aber gerade dies mag Kenny veranlaßt haben, es zu tun. Er und Lois sehen aus wie zwei schiffbrüchige Kinder auf einer unbewohnten Insel im Pazifik, denkt George und lächelt ihnen zu. Beide lächeln zurück, und dann beginnt Lois in ihrer reizenden japanischen Zerbrechlichkeit zu lachen. Ganz dicht schreitet George an ihrem Felsenriff vorbei, wie ein Dampfer, ohne anzuhalten. Das Mädchen scheint zu wissen, was er darstellt, denn sie winkt ihm heiter zu, wie man einem Überseedampfer zuwinkt, mit einer bezaubernd anmutigen Geste ihrer kleinen Hand. Auch Kenny winkt, aber ob er ebenfalls weiß, was gespielt wird, ist zweifelhaft, er folgt nur dem Beispiel von Lois. Immerhin, George ist von ihrem Winken bezaubert und winkt zurück. Der alte Dampfer und die jungen Schiffbrüchigen haben Signale ausgetauscht – aber Notsignale sind es nicht. Jeder respektiert die Privatsphäre des anderen, sie haben kein Verlangen nach mehr Anteilnahme, sie wünschen sich einfach nur alles Gute. Und aufs neue, wie zuvor bei den Tennisspielern, hat George das Gefühl, daß sein Tag aufgeheitert worden ist, nur daß dieser Gefühlswallung diesmal nicht Beunruhigendes beigemischt ist, sondern daß sie eine friedliche Ausstrahlung hat. George dampft weiter, der Cafeteria entgegen, lächelt in sich hinein und hat nicht einmal den Wunsch, sich umzudrehen.

Doch dann hört er, wie hinter ihm jemand »Sir!« ruft, er dreht sich um, und es ist Kenny, der ihm unhörbar auf seinen Gummisohlen nachgelaufen ist. George vermutet, daß er wissen will, welches Buch sie als nächstes lesen werden und dann wieder verschwindet. Doch nein, Kenny fällt neben ihm in Gleichschritt und sagt: »Ich muß zum Buchladen«, als wäre dies das Selbstverständlichste von der Welt. Er fragt nicht, ob George auch zum Buchladen geht, und George sagt ihm nicht, daß er es nicht vorhabe.

»Haben Sie jemals Mescalin probiert, Sir?«

»Ja, einmal in New York vor ungefähr acht Jahren. Damals war es noch nicht verboten. Ich ging in einen Drugstore und habe es verlangt. Sie kannten es nicht, aber sie haben es mir binnen weniger Tage besorgt.«

»Und hat es gewirkt? Hatten Sie Visionen?«

»Nein, jedenfalls nicht, was man Visionen nennen könnte. Zuerst fühlte ich mich etwas seekrank, wenn auch nicht besonders schlimm, und bekam's natürlich mit der Angst zu tun. Ganz ähnlich muß Dr. Jekyll zumute gewesen sein, als er seine eigene Droge das erste Mal ausprobiert hat. Später begannen dann gewisse Farben besonders intensiv zu leuchten, so daß ich mich fragte: Warum nehmen die anderen das nicht wahr? Zum Beispiel erinnere ich mich an eine rote Damenhandtasche, die auf einem Tisch im Restaurant lag – das kam mir vor wie ein öffentliches Ärgernis! Und die menschlichen Gesichter werden zu Karikaturen – ich meine, man weiß, was mit ihnen los ist, ganz grob vereinfacht: eins ist lächerlich eitel, das nächste durch und durch krank vor Ekel und Überdruß, und wieder eins, das sucht Streit vom Zaun zu brechen. Und dann sieht man die ganz, ganz wenigen Gesichter, die einfach schön sind, bloß weil sie nicht aggressiv nach all und jedem gieren, sondern das Leben so hinnehmen, wie's kommt... Ach, und dann nimmt jeder Gegenstand mehr und mehr dreidimensionale Formen an: Vorhänge werden bedrückend schwer, sehen aus wie gemeißelt; Holz ist ganz fasrig. Blumen und Pflanzen werden lebendig. Ich denke da zum Beispiel an eine Vase mit Veilchen – bewegt haben sie sich nicht, aber sie hätten sich jeden Augenblick bewegen können – jede einzelne war wie eine zusammengerollte Schlange... Und wenn das Zeug erst in voller Stärke wirkt, hat man ein Gefühl, als ob die Zimmerwände und alles übrige atmeten, die Maserung im Holz fängt an zu fließen wie ein Gewässer... Und dann ebbt alles wieder ab und wird normal. Kater hat man keinen hinterher, ich habe mich gut gefühlt und ein enormes Abendbrot verspeist.«

»Ein zweites Mal haben Sie's nicht genommen?«

»Nein, ich verspürte kein besonderes Verlangen. Es war lediglich eine Erfahrung, die ich machen wollte. Die restlichen Kapseln gab ich an einige Freunde von mir weiter. Der eine hat so ziemlich das gleiche erlebt wie ich, ein anderer hat überhaupt nichts gespürt, und eine junge Frau erklärte mir am nächsten Tag, daß sie sich in ihrem ganzen Leben noch nie so gefürchtet habe. Aber ich glaube eher, sie wollte bloß höflich sein, so wie jemand, der sich bedankt nach einer Party.«

»Jetzt haben Sie wohl keine mehr von diesen Kapseln?«

»Nein, Kenny! Und selbst, wenn ich welche hätte, würde ich sie nicht ausgerechnet an meine Studenten verteilen. Schließlich könnte ich mir wesentlich amüsantere Anlässe vorstellen, um mich hier rauswerfen zu lassen.«

Kenny grinst. »Entschuldigung, Sir, es interessierte mich bloß... Wenn ich das Zeug wirklich haben wollte, dann kann ich's mir auch allein besorgen, hier auf dem Campus kriegen Sie nämlich so ziemlich alles in der Richtung. Ein Freund von Lois hat es hier gekauft und der behauptete hinterher, er hätte Gott gesehen.«

»Na, ja – vielleicht hat er ihn gesehen, vielleicht habe ich bloß nicht genug genommen.«

Kenny sieht George von der Seite an. Er scheint belustigt. »Wissen Sie was, Sir? Ich wette, Sie würden es mir nicht verraten, selbst wenn Sie ihn gesehen hätten.«

»Wie kommst du denn darauf?«

»Lois behauptet das immer, die hält Sie für einen schlauen Fuchs. Wie heute morgen, als Sie sich den ganzen Quatsch mit angehört haben, den wir da über Huxley zusammengeschwafelt haben.«

»Ich habe nicht bemerkt, daß *du* besonders viel dazu beigetragen hättest. Ich glaube, du hast nicht ein einziges Mal den Mund aufgemacht.«

»Ich wollte Sie beobachten. Nein, ohne Spaß, Lois hat ganz recht: zuerst lassen Sie uns drauflosreden und dann ordnen Sie alles. Damit will ich gar nicht sagen, daß Sie uns nicht eine ganze Menge interessanter Dinge beibringen – das tun Sie schon –, aber Sie sagen uns nicht *alles,* was Sie wissen...«

George fühlt sich geschmeichelt und ist angeregt. In diesem Ton hat Kenny früher nie zu ihm gesprochen. Er kann nicht widerstehen, in die Rolle zu schlüpfen, die ihm Kenny so verführerisch anbietet. »Nun ja, bis zu einem gewissen Grade ist das vielleicht richtig. Sieh mal, Kenny, es gibt so manches, von dem man nicht einmal *weiß,* daß man es weiß, ehe man nicht danach gefragt wird.«

Sie haben die Tennisplätze erreicht. Alle Plätze sind jetzt besetzt, voll mit Figuren, die sich bewegen, doch mit dem eidechsenschnellen Seitenblick eines Süchtigen hat George bereits festgestellt, daß das Paar vom Vormittag weg ist und von den gegenwärtigen Spielern nicht ein einziger körperlich attraktiv ist. Auf dem nächstgelegenen Platz schwitzt ein älterer, beleibter Fakultätsprofessor sein Fett ab, im Spiel gegen ein Mädchen, das behaarte Beine hat.

»Jemand muß einem eine Frage stellen«, fährt George bedeutungsvoll fort, »ehe man sie beantworten kann. Aber leider findet man nur selten jemand, der die richtigen Fragen stellt. Die meisten Menschen sind nicht so interessiert...«

Kenny schweigt. Denkt er nach? Wird er George gleich jetzt etwas fragen? Georges Puls schlägt vor lauter Erwartung schneller.

»Ich bin ja gar kein schlauer Fuchs«, sagt er und hält seine Augen auf den Boden gerichtet, um es so unpersönlich wie möglich zu halten. »Weißt du, Kenny, so oft nehme ich mir vor, über gewisse Dinge zu sprechen, sie absolut frei zu diskutieren. Natürlich nicht im Unterricht – das würde zu nichts führen, irgendeiner würde es immer falsch auslegen...«

Schweigen. George beobachtet Kenny einen Augenblick und sieht, daß er zu dem behaarten Mädchen hinüberschaut. Vielleicht hat er ihm nicht einmal zugehört. Wer weiß.

»Es kann ja auch sein, daß dieser Freund von Lois Gott überhaupt nicht gesehen hat«, sagt Kenny unvermittelt. »Ich meine, er kann sich ja selber was vorgemacht haben. Er hatte nämlich einen Nervenzusammenbruch, bald nachdem er das Zeug geschluckt hatte, und ist drei Monate in eine Anstalt gesperrt worden. Lois hat er erzählt, er hätte sich bei seinem Kollaps in einen Teufel verwandelt und Sterne ausgelöscht. Das ist kein Witz! Sieben auf einmal könnte er auslöschen, hat er gesagt. Trotzdem hatte er ständig Angst vor der Polizei. Er sagte, die Polizisten hätten eine besondere Maschine zum Fangen und Liquidieren von Teufeln, die sogenannte MO-Maschine. Sie wissen ja, Sir, MO ist OM, in Sanskrit das Wort für Gott – von hinten nach vorn buchstabiert.«

»Wenn die Polizisten Teufel umbrächten, müßten sie ja lauter Engel sein, nicht wahr? Erst das würde der Sache doch einen Sinn geben! Doch ich sehe schon: ein Ort, wo Polizisten sich wie Engel benehmen, *kann* nur eine Irrenanstalt sein.«

Darüber lacht Kenny immer noch, als sie den Buchladen erreicht haben. Er will sich einen Bleistiftspitzer kaufen, die, in Plastik verpackt, in rot, grün, blau und gelb zu haben sind. Kenny nimmt einen roten.

»Und was wollten Sie haben, Sir?«

»Eigentlich gar nichts.«

»Soll das heißen, daß Sie den ganzen Weg mitgekommen sind, bloß um mir Gesellschaft zu leisten?«

»Sicher. Warum auch nicht?«

Kenny scheint darüber ehrlich überrascht und erfreut zu sein. »Na, dafür bekommen Sie jetzt etwas. Hier, Sir, nehmen Sie sich auch einen.«

»Oh, aber – na schön, ich danke dir.« George wird ein bißchen rot im Gesicht. Ihm ist, als hätte man ihm eine Rose angeboten. Er nimmt sich einen gelben Spitzer.

Kenny grinst. »Irgendwie dachte ich, daß Sie den Blauen nehmen.«

»Warum?«

»Sagt man nicht, Blau sei die Farbe des Geistes?«

»Was veranlaßt dich denn zu glauben, ich sei vergeistigt? Und wieso hast du dir ausgerechnet einen Roten ausgesucht?«

»Was bedeutet denn Rot?«

»Raserei und Wollust.«

»Ernsthaft?«

Beide schweigen und grinsen sich beinahe intim an. George denkt sich: Selbst wenn diese zweideutige Unterhaltung sie auch nicht unbedingt nähergebracht hat, ist das Nichtverstehen-Wollen und absichtliche Mißverstehen-Wollen auch eine Art von Intimität. Dann bezahlt Kenny die Spitzer und hebt die Hand mit einer Gebärde, die einen lässig respektlosen Gruß andeutet. »Bis dann.«

Er schlendert davon. George drückt sich noch ein paar Minuten im Laden herum, damit niemand auf den Gedanken kommt, er ginge ihm nach.

Wenn das Einnehmen einer Mahlzeit als ein Sakrament betrachtet wird, kann man den Speiseraum der Professoren nur mit einem besonders kargen und schmucklosen Bethaus der Quäker vergleichen. Hier werden keinerlei Konzessionen gemacht an das Ritual einer appetitlich servierten Mahlzeit in behaglichem Zusammensein. Dieser Raum ist ein Anti-Restaurant, viel zu steril mit seinen Tischen aus Chrom und Plexiglas, viel zu sauber durch die braunen Metallkörbe für schmutzige Papierservietten und Plastikbecher; und im Gegensatz zu dem Geklapper und Geplapper, das in der Mensa der Studenten herrscht, geht es hier viel zu ruhig zu. Die Ruhe, die hier herrscht, ist träge, gleichgültig, befangen. Dieser Raum bekommt auch nichts Ehrwürdiges oder Furchteinflößendes, wie etwa ein *High Table* in Oxford oder Cambridge, durch das Alter seiner Benutzer. Die meisten hier sind relativ jung; George ist einer der ältesten.

Oh, Gott, ist das traurig, so traurig, wenn man sieht, wie unzufrieden und niedergeschlagen nicht wenige dieser Gesichter – und die jungen besonders – dreinschauen! Wie kommt es nur, daß sie mit sich und ihrem Leben so unglücklich sind? Gewiß, sie sind unterbezahlt. Gewiß, sie haben keine besonderen Aufstiegsmöglichkeiten. Gewiß, sie können sich nicht an dem Glück erfreuen, mit Managern zu verkehren. Aber, können sie sich nicht damit trösten, mit Studenten zusammen zu sein, die wenigstens noch zu drei Vierteln lebendig sind? Gibt es ihnen keine Genugtuung, *nützlich* zu sein, statt immer nur mitzuhelfen, nutzlose Verbrauchsgüter herzustellen? Ist es nicht schon was, einem der ganz wenigen Berufe anzugehören, die in diesem Lande noch nicht hoffnungslos korrumpiert sind?

Für diese verdrossenen Gestalten anscheinend nicht. Wenn sie es sich leisten könnten, würden sie gern wieder aussteigen, aber nun haben sie sich für diese Aufgabe einmal vorbereitet und müssen sie auch durchstehen. Die Zeit, in der andere Leute das Betrügen, Gieren und Lügen lernen, haben sie ungenutzt verstreichen lassen. Sie haben sich aus eigenem Antrieb gelöst von der Mehrheit – den Krämern, Spekulanten und Verkaufsstrategen – und sich in mühevoller Arbeit all das trockene Wissen angeeignet, das von diesen Krämerseelen so in Mißkredit gebracht worden ist, weil man ja auch ohne Wissen auskommt. Die Krämerseele interessiert sich nur für die praktische Anwendung, für das Produkt. Professoren sind Dummköpfe, sagt sie sich. Wozu Bildung, wenn man kein Geld damit machen kann? Und insgeheim geben ihnen die Unzufriedenen sogar recht und schämen sich heimlich, daß sie nicht so geschäftstüchtig und verschlagen sind.

George begibt sich an das Büffet, wo dampfende Schüsseln aufgebaut sind, aus denen Kellnerinnen die Teller mit Gulasch, Gemüse oder Suppe füllen. Man kann auch Salat bekommen, oder Obstkuchen, oder irgend so einen schrecklich aussehenden Wackelpudding mit durchsichtigen grünen Adern. Einer, der diese Geleeprodukte widerwillig fasziniert anstarrt, als handle es sich um Reptilien hinter Glas, ist Grant Lefanu, ein junger Physikprofessor, der Gedichte schreibt. Grant ist überhaupt nicht verdrossen und alles andere als niedergeschlagen; George mag ihn sehr. Er ist klein und schlank, hat eine Brille und große Zähne und das besessene Lächeln echter intellektueller Leidenschaft. Man könnte ihn sich ohne weiteres als einen Terroristen im zaristischen Rußland vor hundert Jahren vorstellen. Man brauchte ihm nur Gelegenheit zu geben, und er würde ganz der fanatische Held sein, der gradlinig und ohne das geringste Zögern eine Idee verfolgt und ihr durch entsprechende Aktionen zum Durchbruch verhilft. Einer jener blassen, fiebernden Studenten, Anarchisten oder anderen Schwärmer, deren Unterredung bei Tee und Zigaretten in einem Hinterzimmer lange nach Mitternacht, sich am nächsten Morgen mit buchstäblich reinster Unschuld in ein Bombenattentat, in das Schreien einer stolzen Parole, in den Abtransport der jungen Phantasten, die noch immer lächeln, in den Kerker und vor das Exekutionskommando verwandelt. Auf Grants Gesicht sieht man oft so ein Lächeln, fast verwundert, daß er seine Überzeugung so deutlich äußern mußte. Er ist dann wie jemand, der zu leise spricht und plötzlich aus Verzweiflung zu schreien anfängt.

Zumindest hat Grant kürzlich wirklich getan, was man mit Fug und Recht eine heroische Tat nennen muß. Er trat vor Gericht als Entlastungszeuge für einen Buchhändler auf, den man beim Verkauf eines bedeutenden Porno-Klassikers der zwanziger Jahre gefaßt hatte; ein Buch, ursprünglich nur in den romanischen Ländern erhältlich, das jetzt in einer Reihe wissenschaftlicher Gutachten um seine Berechtigung kämpft, auch von der amerikanischen Jugend verschlungen zu werden. (George weiß nicht mehr ganz genau, ob es dasselbe Buch ist, das er als junger Mann in Paris gelesen und mitten in der großen Fickszene in den Papierkorb geworfen hat. Nicht, daß man prüde wäre – die Leute sollen ruhig Bücher über Heterosexualität schreiben, wenn sie müssen, und die es interessiert, sollen sie ruhig lesen, auch wenn es tödlich langweilig und, seien wir ganz ehrlich, immer ein ganz klein bißchen widerwärtig zugeht. Warum können sich diese modernen Schriftsteller nicht an die guten alten Themen halten – wie zum Beispiel Knaben?)

Der Heroismus von Grant Lefanu lag in diesem Falle darin, daß er das Buch verteidigte und dabei seinen akademischen Kopf riskierte. Denn zuvor war ein sehr einflußreicher Professor der STSC-Fakultät als Zeuge der Anklage aufgetreten und hatte sich dafür verbürgt, daß dieses Buch schmutzig, entartet und gefährlich sei. Als Grant dann in den Zeugenstand gerufen und vom Staatsanwalt ins Kreuzverhör genommen wurde, nahm er es sich mit seinem schüchternen Lächeln heraus, anderer Meinung zu sein als sein Kollege. Nach diversen Sticheleien und drei Verwarnungen platzte er mit der Feststellung heraus, nicht das Buch, sondern seine Angreifer verdienten jene drei Adjektive. Noch brenzliger wurde die ganze Sache, als ein bekannter liberaler Kolumnist den Fall hämisch kommentierte, wobei das ehrwürdige Fakultätsmitglied als reaktionärer alter Esel und Grant als leuchtendes Beispiel zur Verteidigung der bürgerlichen Freiheit hingestellt wurde. Die Frage ist jetzt: Wird Grant seine Anstellung am Ende des Semesters verlängert bekommen?

George wird von Grant wie ein Kampfgefährte behandelt, ein Kompliment, das er kaum verdient, denn er kann es sich auf Grund seines höheren Dienstalters, seiner Rolle als exzentrischer Brite und mit seinem kleinen Vermögen als letzte Zuflucht leisten, so ziemlich alles auf dem Campus zu sagen, was ihm Spaß macht. Wohingegen der arme Grant keine privaten Einkünfte, aber eine Frau und drei unklugerweise gezeugte Kinder hat.

»Was gibt's Neues?« fragt ihn George und will damit sagen: Hat der Feind wieder etwas ausgeheckt?

»Du hast doch von den neuen Kursen für Polizei-Anwärter gehört? Heute abend hält denen ein Spezialist aus Washington einen Vortrag, wie man einen Kommunisten schon von weitem erkennen kann.«

»Mach keine Witze!«

»Kommst du mit? Wir könnten ihm ein paar unbequeme Fragen stellen.«

»Wie spät haben wir's jetzt?«

»Halb fünf.«

»Geht nicht, ich muß in einer Stunde unten in der Stadt sein.«

»Zu schade.«

»Zu schade«, pflichtet George erleichtert bei, wenn er sich auch nicht ganz klar darüber ist, ob die Aufforderung ernstgemeint war. Viele Male schon hatte ihm Grant im gleichen Ton vorgeschlagen, eine Versammlung der *John Birch Society* zu stören, mit dem besten aller unbekannten Dichter Amerikas zusammen Marijuana zu rauchen, oder irgendeinen Führer der *Black Muslim*-Bewegung zu treffen. George hat durchaus nicht den Verdacht, daß Grant so etwas sagt, um ihn auf die Probe zu stellen. Daß Grant hin und wieder wirklich solche Dinge tut, steht außer Zweifel, nur daß ihm einfach nicht der Gedanke kommt, daß George davor Angst haben könnte. Er denkt wahrscheinlich, George würde sich dabei langweilen.

Während sie die Theke ablaufen, um schließlich bei Kaffee und Salat zu bleiben – George muß auf sein Gewicht achtgeben und Grants Appetit ist ebenso klein wie er gebaut ist –, erzählt Grant von einem Bekannten, der mit Fachleuten großer Computerfirmen gesprochen hat. Diese Fachleute stehen auf dem Standpunkt, es sei gar nicht so wichtig, ob ein Krieg kommt oder nicht, weil in jedem Falle immer noch genug Menschen überleben werden, mit denen sich ein Staat aufrechterhalten läßt. Natürlich werden sich die Überlebenden vorwiegend aus den Leuten mit Geld und Einfluß rekrutieren, weil ihnen die besseren Schutzbunker zur Verfügung stehen und nicht jene unsicheren Todesfallen, die von vielen Halunken zu Gelegenheitspreisen angeboten werden. Nach Ansicht der Experten sollte sich jeder, der sich seinen eigenen Schutzraum anlegen will, mindestens an drei verschiedene Firmen wenden, damit niemand erfährt, was man sich nun eigentlich baut, denn wenn es sich erst herumspricht, daß man einen sicheren Bunker besitzt, wird man beim ersten Alarm vom Pöbel gestürmt. Aus dem gleichen Grund sollte man eigentlich so realistisch sein und sich ein Maschinengewehr kaufen. Für falsche Gefühle sei jetzt nicht die Zeit.

George lacht darüber angemessen zynisch, weil Grant es so von ihm erwartet. Aber im Grunde wird ihm das Herz schwer bei diesem Galgenhumor. Was so entsetzlich gewesen ist während all der vergangenen Krisen in den zwanziger, den dreißiger Jahren und im letzten Krieg – jede hat wie eine schwere Krankheit auf George ihre Spuren hinterlassen –, war die Angst vor dem Vernichtetwerden. Doch jetzt schleppen wir eine viel entsetzlichere Angst mit uns herum: die Angst vor dem Überleben. Fortleben in einer zerstörten Welt, wo es für Mr. Strunk ganz natürlich sein wird, Grant mitsamt seiner Frau und seinen drei Kindern niederzuknallen, nur weil Grant es unterlassen hat, einen ausreichenden Vorrat an Lebensmitteln anzulegen und sie Hunger leiden und für andere gefährlich werden können und weil für falsche Gefühle jetzt eben nicht die Zeit ist.

»Da ist Cynthia«, sagt Grant, während sie den Speisesaal wieder betreten. »Wollen wir uns zu ihr setzen?«

»Müssen wir das unbedingt?«

»Ich glaube schon.« Grant kichert nervös. »Sie hat uns gesehen.«

Und in der Tat, Cynthia Leach winkt ihnen zu. Sie ist eine gutaussehende junge New Yorkerin, erzogen auf dem *Sarah Lawrence College* und Tochter aus reichem Hause. Möglich, daß ihre kürzliche Heirat mit Leach, der hier Geschichte lehrt, zum Teil ein Affront gegen ihre Familie war. Aber die Ehe scheint ganz gut zu funktionieren. Andy ist zwar dünn und blaßhäutig, aber kein Schwächling, in seinen dunklen Augen funkelt erotische Leidenschaft, und er hat die selbstverständliche Geschmeidigkeit eines Mannes an sich, der ein guter Liebhaber ist. Gesellschaftlich hat er über seinen Stand geheiratet, aber er nimmt die Herausforderung, sich neben Cynthia zu behaupten, mit sichtlichem Vergnügen auf sich. Die beiden veranstalten Parties, die von allen geschätzt werden, weil Essen und Getränke dank Cynthias Geld in verschwenderischer Fülle vorhanden sind, Andy ohnehin beliebt ist und Cynthia so übel nun auch wieder nicht ist. Ihr einziger Fehler liegt darin, daß sie sich für eine neu-englische Aristokratin hält, die die Slums aufsucht. Sie versucht aufzutreten wie eine Patrizierin und ist doch bloß gönnerhaft.

»Andy hat mich versetzt«, ruft ihnen Cynthia zu. »Leistet mir

Gesellschaft.« Während sie sich an ihren Tisch setzen, wendet sie sich an Grant. »Ihre Frau wird mir für immer böse sein.«

»So?« Grant muß heftig lachen.

»Hat sie's Ihnen nicht berichtet?«

»Mit keinem Wort!«

Cynthia ist enttäuscht. Dann hellt sie sich auf. »Aber sie *muß* mir böse sein! Ich habe ihr nämlich gesagt, wie gräßlich man hier die Kinder anzieht.«

»Darin hat sie Ihnen sicher beigestimmt, denn sie spricht fortwährend davon.«

»Die Kinder werden um ihr Kindsein betrogen«, sagt Cynthia und überhört Grants Einwurf. »Man macht aus ihnen *kleine Erwachsene!* All diese scheußlich herausgeputzten kleinen Geschöpfe mit Lippenstift im Gesicht! Ich bin eben unten in Mexiko gewesen, das war wie ein erfrischendes Bad, ach, ich kann's gar nicht beschreiben, so *natürlich* sind da die Kinder. Keine Ängste. Keine Neurosen. Sie blühen einfach ...«

»Es ist nur die Frage ...«, beginnt Grant, der offensichtlich nicht ihrer Meinung ist und deshalb so leise spricht, daß Cynthia es gar nicht erst versucht, ihn zu verstehen.

»Nie werde ich den Abend vergessen, als wir über die Grenze zurückkamen! Ich sagte mir: entweder sind die Menschen hier verrückt oder ich bin es. Sie scheinen zu rennen wie in den alten Stummfilmen! Und erst die *Bedienung* im Restaurant – die tiefere Bedeutung dieser Bezeichnung ist mir vorher nie so klargeworden. Wie die uns *angelächelt* hat! Und diese enormen Speisekarten mit nichts drauf, was auch wirklich eßbar wäre. Und diese merkwürdigen Zombies von Pikkolos, die sich einfach weigern, den Mund aufzumachen und einem dann nichts wie Gläser mit *Wasser* auf den Tisch stellen – es ist kaum zu glauben! Hinterher übernachteten wir in einem dieser gräßlichen neuen Motels. Ich hatte das Gefühl, das Ding war gerade frisch aus der Fabrik fünf Minuten vor unserer Ankunft aufgestellt worden. Es hätte überall und nirgends stehen können, so unpersönlich war es! Und das nach all den wunderbaren alten Hotels in Mexiko, von denen jedes ein echtes Heim ist.«

Wieder scheint Grant irgendeinen Protest anbringen zu wollen. Diesmal ist seine Stimme noch leiser, selbst George kann ihn nicht verstehen. George nimmt einen tiefen Schluck Kaffee, spürt die Wirkung in seinem fast leeren Magen und ist plötzlich in Hochstimmung versetzt. »Wirklich, verehrte Cynthia!« hört er sich ausrufen. »Wie können Sie bloß einen so unglaublichen Unsinn daherreden?«

Grant kichert vor Erstaunen. Cynthia sieht überrascht, sonst aber ganz vergnügt aus, sie ist der Typ, der sich gern herausfordern läßt; es tut ihrer angriffslustigen Natur gut.

»Ehrlich! Sind Sie von Sinnen?« George hat das Gefühl, er rast über eine Startbahn und hebt sanft und leicht ab. »Mein Gott, Sie hören sich an wie eine traurige Intellektuelle aus Frankreich, die gerade zum ersten Mal den Fuß nach New York gesetzt hat! Die reden nämlich ganz genauso daher. *Unpersönlich!* Amerikanische Motels sind unpersönlich! Mein Kind, Sie wissen genauso gut wie ich, daß unsere Motels von vornherein und mit Bedacht unpersönlich konzipiert sind, wenn Sie dieses alberne Wort unbedingt benutzen wollen. Und zwar aus dem ganz simplen Grund, weil ein Zimmer in einem amerikanischen Motel nicht *ein* Zimmer in *einem* Hotel, sondern *das* Zimmer schlechthin ist, punktum. Es gibt nur eins: *das Zimmer.* Und das ist ein Symbol, eine dreidimensionale Reklame – wenn Sie so wollen – für unsere Lebensart. Und was ist unsere Lebensart? Ein Sittenkodex, der bestimmte Maße, bestimmten Nutzen und die Verwendung bestimmter geeigneter Materialien erfordert; nicht mehr und nicht weniger. Alles andere muß man sich selber beschaffen. Aber versuchen Sie das mal den Europäern klarzumachen! Die geraten darüber in eine tödliche Panik. In Wahrheit ist unsere Lebensart nämlich viel zu asketisch für sie. Wir haben die Dinge der materiellen Ebene auf ihren Symbolcharakter reduziert. Und warum? Weil das der erste wesentliche Schritt ist. Der Geist kann nie wirklich frei sein, solange die materielle Ebene nicht klar definiert und auf ihren rechten Platz verwiesen ist. Man sollte annehmen, daß dies deutlich genug ist, der dümmste Amerikaner begreift es intuitiv, aber die Europäer nennen uns lieber ›unmenschlich‹ oder behaupten, wir wären ›noch nicht ausgereift‹ – was gröber und rüder klingt –, nur weil wir auf ihre Welt aus individuellen Unterschieden, romantischen Schwächen und Einwände-um-der-Einwände willen verzichtet haben. Dieser ganze überholte Kult mit den Kathedralen und Erstausgaben, den Modellkleidern aus Paris und den Jahrgangsweinen! Natürlich geben die Europäer nicht auf und wollen uns jede Minute mit ihrer abscheulichen Kulturpropaganda unterwandern. Sollte ihnen das je gelingen, dann ist es nämlich aus mit uns. Um *diese* Art Unterwanderung sollte sich das ›Komitee gegen un-amerikanische Umtriebe‹ mal kümmern! Wir sind den Europäern verhaßt, weil wir uns zurückgezogen haben, um in unseren Reklamen zu leben wie Einsiedler, die in ihre Höhlen gehen, um zu meditieren. Wir schlafen in symbolischen Schlafzimmern, essen symbolische Mahlzeiten und werden symbolisch unterhalten – und das entsetzt sie, erfüllt sie mit Wut und Abscheu, weil sie es nie begreifen werden. Andauernd schreien sie in die Welt hinaus: ›Diese Menschen sind Zombies!‹ Sie müssen sich das einreden, sonst bleibt ihnen nichts anderes übrig als zu kapitulieren und zuzugeben, daß die Amerikaner so leben können, weil sie Europa – und wenn's schon sein muß meinetwegen der ganzen übrigen Welt – um fünfhundert oder gar tausend Jahre voraus sind. Wir sind im wesentlichen Geschöpfe des Geistes, unser gesamtes Leben spielt sich im Verstand ab, deswegen sind wir auch so vertraut mit Symbolen wie dem amerikanischen Motel-Zimmer. Der Europäer dagegen hat vor Symbolen einen Horror, weil er ein unterwürfiger kleiner Materialist ist.«

Wenige Sekunden vor dem Ende dieses abenteuerlichen Wortfluges hat George wie aus großer Höhe Andy Leach in den Eßraum treten sehen. Was ihm sehr zustatten kommt, denn George hat schon gespürt, daß sein Motor leer läuft, seine Schubkraft nachläßt. Somit setzt er jetzt mit dem Geschick des alten Piloten zur Landung an, die ganz vorzüglich klappt, denn nun hat es den Anschein, als höre er aus Höflichkeit zu reden auf, weil Andy an den Tisch getreten ist.

»Habe ich was versäumt?« fragt Andy und grinst.

Für den Zirkusartisten gibt es keinen heruntergelassenen Vorhang, hinter dem er sich verbergen und den magischen Zauber seiner Nummer ungebrochen bewahren kann. Hoch oben schwebte er unter der Kuppel auf dem Trapez und glänzte und funkelte wie ein Stern am Himmel. Doch jetzt auf festem Boden, von den Scheinwerfern nicht mehr angestrahlt, aber deutlich sichtbar für die, die ihn sehen wollen – denn aller Augen sind auf die Clowns gerichtet –, hastet er hinter den Sitzreihen entlang dem Ausgang zu. Niemand applaudiert ihm mehr, kaum daß ihm einige wenige noch einen Blick schenken.

Mitten in dieser plötzlichen Anonymität überkommt George ein Gefühl der Müdigkeit, das nicht einmal so unangenehm ist. Der Strom seiner Lebenskraft ebbt ab, und er verebbt befriedigt mit ihm. So erholt sich der Körper. Plötzlich ist er viel, viel älter. Auf dem Weg zum Parkplatz hat er einen anderen Gang, weniger elastisch und mit steifen Bewegungen der Arme und Schultern. Er verhält den Schritt, er geht langsamer, er schlurft hier und da. Sein Kopf ist gebeugt, sein Mund erschlafft, die Muskeln auf den Backen sind eingefallen, und sein Gesicht nimmt einen stumpfen, träumerisch sanftmütigen Ausdruck an. Er summt sonderbar vor sich hin wie Bienen um einen Bienenstock. Während er so dahingeht, läßt er von Zeit zu Zeit laute und ausgedehnte Fürze.

Das Krankenhaus steht hochgereckt auf einem verschlafenen Hügel an einer Umgehungsstraße. Aus steilen Rasenflächen und blühenden Büschen steigt es vom Freeway aus sichtbar auf. Eine neun Stock hohe Mahnung an die vorbeisausenden Autofahrer: Leute, das ist das Ende der Straße – doch es hat auch freundlichere Aspekte. Es steht nach allen Seiten den kühlen Brisen offen und muß viele Fenster haben, von denen aus man den Ozean sehen kann und die Landzunge von *Palos Verdes* und bei klarem Winterwetter sogar noch die Insel *Catalina*.

Auch die Krankenschwestern am Empfangstisch sind freundlich. Sie belästigen den Besucher nicht mit umständlichen Fragen. Weiß man die Nummer des Zimmers, das man aufsuchen will, braucht man nicht einmal mehr um Erlaubnis zu fragen und kann gleich hinauffahren.

George bedient den Fahrstuhl selbst. Im zweiten Stockwerk wird er angehalten, und ein farbiger Krankenwärter rollt eine liegende Patientin herein. Sie wird operiert, erklärt er George, und deshalb müßten sie wieder zurück ins Erdgeschoß fahren, wo die Operationsräume liegen.

Respektvoll erbietet sich George, den Fahrstuhl zu verlassen, aber der junge Pfleger (dessen muskulöse Arme sehr sexy sind) sagt: »Das brauchen Sie nicht«; da steht er nun wie ein zufälliger

Zuschauer beim Begräbnis eines Fremden und wirft verstohlene Blicke auf die Patientin. Sie scheint bei vollem Bewußtsein zu sein, aber sie anzusprechen, wäre wie ein Sakrileg, denn sie ist ja bereits das geweihte, das rituell hergerichtete Opfer. Sie scheint es zu wissen und hat ergeben ihre Einwilligung erteilt. Hübsch sehen ihre grauen Haare aus; sie muß erst kürzlich beim Friseur gewesen sein.

Das ist die Pforte, sagt sich George.

Muß auch ich hier durch?

Ah – wie der elende Leib sich mit jedem Nerv sträubt bei dem Anblick, dem Geruch, dem Gefühl dieses Ortes! Blindlings bäumt er sich auf, scheut zurück, bemüht sich zu entkommen. Was für eine unerdenkliche Gewalttätigkeit gegenüber dem Fleische, wenn man den Körper hierher brächte, betäubt von ihren Drogen, zerstochen von ihren Nadeln, zerschnitten von ihren Messerchen! Auch wenn sie ihn heilten und wieder entließen, würde der Körper es nie vergessen, nie verzeihen können. Nichts würde mehr das gleiche sein; der Körper würde jegliches Vertrauen zu sich selbst verlieren.

Jim hat über jeden Kopfschmerz, jeden verletzten Finger, jede kleine Beule gestöhnt und geklagt... Aber am Ende hat Jim Glück gehabt – das einzige Mal, da Glück wirklich zählt. Der Lastwagen fuhr direkt in seinen Wagen hinein, er hat es nicht mehr gespürt, ist nie an einen Ort wie diesen gebracht worden. Seine zerschmetterten Überbleibsel waren das Ritual nicht mehr wert.

Das Zimmer von Doris liegt im obersten Stockwerk. Im Augenblick ist der Flur leer, die Tür steht offen, vor dem Bett ein Wandschirm. Ehe George hineingeht, wirft er einen zögernden Blick über den Wandschirm. Doris liegt mit dem Gesicht zum Fenster.

George hat sich mittlerweile an ihren Anblick gewöhnt, der nicht mehr so schrecklich für ihn ist. Jetzt kommt ihm Doris nicht mehr verändert vor, sie ist ein gänzlich anderes Geschöpf geworden. Was hat diese eingeschrumpfte gelbe Wachspuppe mit den stockigen Armen und Beinen, die sich unter dem Bettuch abheben, mit dem großen, stolzen, arroganten Tier von einem Mädchen zu tun, das sich einmal splitternackt und in schamlosem Verlangen unter dem nackten Leib von Jim geöffnet hat?

Alles verschlingende Vulva, verschlagenes, unbarmherziges, gieriges Fleisch! Du hast in deiner Blüte, deinem Glanz und mit der ganzen maßlosen Kraft deines Jungseins verlangt, daß George beiseite trete, um sich ergeben dem Vorrecht des Weibes zu beugen und sein unnatürliches Haupt vor Scham zu verhüllen. Ich bin Doris. Ich bin Weib. Ich bin Hexenmutter Natur. Auf meiner Seite stehen die Kirche, das Gesetz und der Staat. Ich verlange mein biologisches Recht. Ich verlange Jim.

Mehrmals hat George sich gefragt: Hätte ich ihr das vorher, selbst während jener Tage gewünscht?

Die Antwort ist NEIN. Nicht weil George solcher Teufelei nicht fähig wäre, sondern weil Doris damals unendlich viel mehr als nur Doris war, nämlich das Weib als Feind schlechthin, das Jim für sich beanspruchte. Und solange das Weibliche auf der Welt triumphiert, hätte es ihm nichts eingebracht, wenn er Doris oder meinetwegen Zehntausende von Doris vernichtet hätte. Die Frau ist nur durch Nachgeben zu bekämpfen; dadurch daß er Jim mit ihr die Reise nach Mexiko unternehmen ließ; dadurch daß er ihn bestärkte, seine Eitelkeit, seine Neugier, seine Lust (vor allem seine Eitelkeit) zu befriedigen, in der Erwartung, Jim würde zurückkommen (was er auch getan hat) und ausrufen: *Wie ekelhaft, nie wieder!*

Und wenn du sie heute sähest, Jim, würde es dich doppelt abstoßen. Blankes Entsetzen würde dich packen bei dem Gedanken, daß dieser Körper, in den du mit deinem frisch erwachten Fleisch eingedrungen bist, den du so hungrig liebkost und geküßt hast, schon damals den Samen der Fäulnis in sich getragen hat. Der Gestank kranker, alter Hunde machte dir nichts aus, und wenn die Katzen eine wunde Stelle hatten, hast du sie hingebungsvoll gepflegt, doch stets und ganz gegen deine sonstige Natur hast du einen Horror vor Krankheit und verkrüppelten Menschen empfunden. Jim, ich glaube, ich bin sogar ganz sicher: sie hier zu besuchen, würdest du dich standhaft weigern. Du wärst nicht fähig, dich dazu zu überwinden.

George geht möglichst leise um den Wandschirm herum in das Zimmer hinein. Doris wendet den Kopf. Sie nimmt ihn wahr, anscheinend ohne überrascht zu sein. Die Grenzlinie zwischen Wirklichkeit und Halluzination ist wahrscheinlich schon sehr dünn geworden. Gestalten kommen und gehen. Sticht eine von ihnen dich mit einer Nadel, darfst du sicher sein, es *ist* die Schwester. Das könnte George sein und wiederum könnte er es auch nicht sein. Aus Bequemlichkeit wird sie ihn als George behandeln, warum auch nicht? Es spielt ja doch keine Rolle.

»Hallo«, sagt sie. Die Augen in ihrem gelben Gesicht sind ein einziges wildes Blau.

»Hallo, Doris.«

Es ist eine gute Weile her, daß George aufgehört hat, ihr Blumen oder andere kleine Geschenke mitzubringen. Er wüßte auch gar nicht, was er von der Außenwelt noch in diesen Raum hineintragen könnte, ihn eingeschlossen. Alles, was jetzt von Belang für sie ist, befindet sich in diesem Zimmer, wo sie ganz versunken ist in das Geschäft des Sterbens. Und doch ist ihre Beschäftigung nicht egoistisch; sie schließt weder George aus noch irgendeinen anderen, der daran teilnehmen möchte. Sie beschäftigt sich mit dem Tod, und wir können alle daran teilhaben, zu jeder Zeit, in jedem Alter, ob gesund oder krank.

George setzt sich neben sie aufs Bett und nimmt ihre Hand. Noch vor zwei Monaten wäre so etwas für ihn eine widerwärtige Falschheit gewesen. (Eine seiner beschämendsten Erinnerungen geht zurück in die Tage, da er sie einmal – aus Aggression, aus Masochismus? Verdammt noch mal, alle diese Worte! – auf die Wange küßte, als er herausfand, daß sie mit Jim geschlafen hatte. Jim war dabei, als er sich vorbeugte, um sie zu küssen, und Erschrockenheit und Angst lagen in seinen Augen, als befürchtete er, George sei drauf und dran, sie zu beißen wie eine Schlange.) Doch jetzt Doris' Hand zu ergreifen, ist nichts Unechtes, nicht einmal ein Akt des Mitleids. Es ist – wie er bei seinen früheren Besuchen gemerkt hat – eine Notwendigkeit, um wenigstens noch einen teilweisen Kontakt zu ihr herzustellen. Indem er ihre Hand hält, fühlt er sich auch weniger durch ihre Krankheit in Verlegenheit versetzt. Denn diese einfache Geste heißt: *Wir haben den gleichen Weg, bald werde ich dir nachfolgen.* Somit bleibt es ihm erspart, jene gräßlichen Krankenhausfragen zu stellen: Wie geht es, wie steht es, wie fühlst du dich?

Doris lächelt schwach. Freut sie sich, daß er gekommen ist?

Nein, anscheinend lächelt sie aus Belustigung. Mit leiser, aber ganz deutlicher Stimme sagt sie: »Ich habe gestern solchen Krach gemacht.«

George lächelt auch und wartet auf den Witz.

»*War* es gestern?« Das kommt im gleichen Ton, ist aber mehr zu sich selber gesprochen; ihre Augen nehmen ihn nicht mehr wahr, sie sehen bestürzt und ein bißchen verängstigt aus. Die Zeit muß ihr ein recht seltsames Spiegellabyrinth geworden sein, und Labyrinthe können sich jeden Moment vom Lustigen ins Schaurige verändern.

Jetzt nehmen ihn die Augen wieder wahr, die Verwirrung ist gewichen. »Ich habe geschrien, daß man mich unten in der Halle hörte. Der Arzt mußte geholt werden.« Doris lächelt. Anscheinend ist das der Witz.

»War es dein Rücken?« fragt George. Sein Bemühen, kein Mitgefühl durchscheinen zu lassen, läßt seine Stimme affektiert klingen, wie jemand, der einen unfeinen Dialekt unterdrücken möchte.

Aber Doris beachtet die Frage gar nicht, sie ist wieder mit sich selbst beschäftigt und runzelt ein wenig die Stirn. »Wie spät ist es?«

»Kurz vor drei.«

Ein langes Schweigen entsteht. George hat das dringende Bedürfnis, etwas zu sagen, wenn auch nur irgend etwas.

»Gestern war ich am Pier. Seit Jahr und Tag bin ich nicht mehr da unten gewesen. Und weißt du, sie haben die alte Rollschuhbahn abgerissen. Ist das nicht eine Schande? Es scheint so, als könnten sie es nicht ertragen, daß irgend etwas so bleibt wie es war. Erinnerst du dich noch an die kleine Bude, wo einem die Frau den Charakter aus der Handschrift gedeutet hat? Auch die ist nicht mehr da ...«

Bestürzt hält er inne.

Kann einem die Erinnerung wirklich so einen Streich spielen? Ihm fällt ein, daß George und Jim auf dieser Rollschuhbahn Doris zum ersten Male getroffen haben. (Sie war mit einem Jungen namens Norman zusammen, den sie dann rasch fallengelassen hat.) Später gingen sie alle zusammen zum Handschriften-Deuten, und die Frau sagte zu Jim, er hätte verborgene musikalische Anlagen. Und zu Doris, sie hätte eine starke Befähigung, das Beste aus anderen Menschen herauszuholen.

Ob sie noch daran denkt? Ganz bestimmt. George betrachtet

sie ängstlich. Sie liegt da und starrt die Zimmerdecke an. Das Stirnrunzeln ist noch schlimmer geworden.

»Wie spät, sagtest du, ist es?«

»Vier Minuten vor drei.«

»Sieh mal nach, ob jemand auf dem Gang ist.«

Er steht auf, geht an die Tür und schaut hinaus. Doch kaum ist er dort, fragt sie ihn barsch und ungeduldig: »Na und?«

»Da ist niemand.«

»Wo steckt denn diese dreckige Schwester wieder?« Ganz scharf und voller Verzweiflung kommt es aus ihr heraus.

»Soll ich sie suchen gehen?«

»Sie weiß ganz genau, daß ich um drei eine Spritze bekomme. Der Arzt hat es so angeordnet, aber das kümmert sie einen Dreck.«

»Ich werde sie schon finden.«

»Dieses Biest kommt nicht eher als sie will.«

»Ich finde sie bestimmt.«

»Nein! Du bleibst hier.«

»Gut.«

»Setz dich wieder hin.«

»Gewiß.« Er setzt sich. Er weiß, sie will seine Hand haben. Er gibt sie ihr. Sie umfaßt sie mit erstaunlicher Festigkeit.

»George –«

»Ja?«

»Du bleibst doch hier, bis sie kommt?«

»Aber natürlich.«

Ihr Griff wird fester, in ihm liegt keinerlei Zuneigung oder Mitteilungsbedürfnis. Sie greift nicht nach einem Menschen. Für sie ist seine Hand jetzt lediglich ein Gegenstand zum Pressen. Er wagt es nicht, sie wegen ihrer Schmerzen anzusprechen. Er fürchtet, daß sich irgend etwas Unanständiges, etwas Obszönes sichtbar, faßbar und stinkend hier zwischen ihnen im Zimmer auftun könnte.

Aber er ist auch neugierig. Die Schwester hat ihm bei seinem letzten Besuch berichtet, daß Doris einen Priester bei sich gehabt hat. (Sie ist katholisch aufgewachsen.) Und richtig! Dort auf dem Tisch neben dem Bett liegt ein kleines Buch, prunkhaft und reizend aufgemacht wie eine Weihnachtskarte: *Die Stationen des Kreuzes*... Aha, wenn die Straße so eng wie dieses Bett wird, wenn man nichts als das Dunkel vor sich hat, ist so ein kleiner Führer nicht zu verachten. Am Ende hat Doris über die Reise, die vor ihr liegt, schon etwas gelernt? Angenommen, sie hätte etwas erfahren und George würde es über sich bringen, sie danach zu fragen, selbst dann könnte sie ihm nicht berichten, was sie weiß. Denn das läßt sich nur ausdrücken in der Sprache jenes Ortes, an dem sie bald sein wird. Und diese Sprache – obschon sie von einigen so zungenfertig dahergeplappert wird – hat in unserer Welt keine wirkliche Bedeutung, sie ist nur eine Ansammlung von Worten.

Doch da steht lächelnd die Schwester in der Tür. »Sehen Sie, heute bin ich ganz pünktlich!« Sie hält ein Tablett in der Hand mit den Ampullen und der Spritze.

»Ich werde gehen«, meint George und erhebt sich.

»Oh, das ist nicht nötig«, meint die Schwester. »Wenn Sie nur einen Augenblick vor die Tür treten würden. Es geht ganz schnell.«

»Ich muß ohnehin jetzt gehen«, sagte George und hat das Schuldgefühl, das man jedesmal beim Verlassen eines Krankenzimmers hat. Nicht, daß Doris selber ihn schuldbewußt machte. Sie scheint jegliches Interesse an ihm verloren zu haben. Ihre Augen sind auf die Nadel in der Hand der Schwester geheftet. »Sie ist unartig gewesen«, sagt die Schwester. »Sie will ihren Lunch nicht aufessen.«

»Alsdann, Doris, bis zum nächsten Mal. Ich komme in ein paar Tagen wieder.«

»Leb wohl, George.« Doris sieht ihn nicht einmal an, und ihre Stimme ist ganz gleichgültig. Weil er ihre Welt verläßt, hört er auf, für sie zu existieren. Er faßt ihre Hand und drückt sie. Sie reagiert nicht, sie beobachtet die helle Nadel, die auf sie zukommt.

Leb wohl hat sie gesagt – ob sie es auch so gemeint hat? Während George aus dem Zimmer geht, betrachtet er sie noch einmal über den Wandschirm, um eine Erinnerung zu fixieren für den Fall, daß er sie zum letzten Mal lebend gesehen hat.

Aber da ist nichts. Er empfindet nichts.

Jetzt eben, da er ihre Hand drückte, ist ihm etwas klargeworden: daß aus dieser eingeschrumpften Wachspuppe die allerletzten Spuren jener Doris verschwunden sind, die versucht hat, ihm

Jim wegzunehmen, und damit ist auch die letzte Spur seines Hasses geschwunden. Solange noch ein winziges, kostbares Tröpfchen Haß da war, konnte George etwas von Jim in ihr auffinden. Denn auch Jim hat er gehaßt, während die beiden miteinander in Mexiko waren. Das war das Band zwischen ihm und Doris, das nun gerissen ist. Und damit ist ihm wieder ein Stückchen Jim für immer verlorengegangen.

Während George über den *Hollywood Boulevard* fährt, schaukeln die großen, aufdringlichen Weihnachtsdekorationen im ungemütlich kalten Wind. Rentiere und Glöckchen sind mit Drähten quer über die Straße gespannt, die an Christbäumen aus Metall befestigt sind. Reine Reklamen, arrangiert und bezahlt von Geschäftsleuten. Kauflustige mit verwirrtem Gesichtsausdruck überfüllen Läden und Gehsteige, in ihren Augen spiegelt sich wie in blankpolierten Knöpfen der schamlose Glanz der Vorweihnachtszeit. Noch vor einem Monat, bevor Chruschtschow einwilligte, seine Raketen aus Kuba abzuziehen, stürmten diesselben Menschen die Supermärkte und kauften die Regale leer, Bohnen, Reis und andere Lebensmittel. Das meiste völlig ungeeignet für den Luftschutzkeller, da es ohne Wasser nicht zubereitet werden kann. Gut, diesmal sind sie noch einmal davongekommen. Ob sie froh darüber sind? Dafür sind sie zu abgestumpft, die Armen, sie hatten keine Ahnung von dem, was ihnen erspart geblieben ist. Man sollte annehmen, daß ihnen nach diesen Panikkäufen jetzt das Geld knapp geworden ist. Aber sie haben genug, die Kaufleute prophezeien ein gutes Weihnachtsgeschäft. Jeder kann es sich leisten, wenigstens etwas zu kaufen, ausgenommen vielleicht ein paar von den jungen Strichern (erfahrene Augen erkennen sie sofort), die mit finsteren Gesichtern an den Ecken herumstehen oder in den Schaufenstern die Straße beobachten.

Im Augenblick ist George weit davon entfernt, auch nur einen von ihnen zu verachten. Sie mögen grob und käuflich, langweilig und primitiv sein, aber er ist stolz, ist glücklich, ist beinahe schamlos ausgelassen in dem Bewußtsein, in ihren Reihen zu bestehen und gezählt zu werden – den Reihen jener wunderbaren »Minderheit der Lebenden«. Die Leute auf der Straße wissen ja nichts von ihrem Glück, doch George weiß von seinem, seit kurzem zumindest, denn er ist gerade zurückgekehrt aus der eisigen Gegenwart der »Mehrheit« derer, denen Doris sich gerade beigesellt.

Ich lebe, sagt er zu sich, *ich bin am Leben!* Und neue Lebenskraft, Freude und Appetit branden durch sein Blut. Wie gut, daß man noch in einem Körper steckt – auch wenn es nicht mehr der jüngste ist –, der warmes Blut, lebendigen Samen, kräftiges Mark und heile Knochen hat! Die finster blickenden Jugendlichen an den Ecken sehen in ihm zweifellos einen Tattergreis, bestenfalls einen potentiellen Freier. Doch vorläufig beansprucht er noch eine gewisse Verwandtschaft mit der Kraft in ihren jungen Armen, Schultern und Lenden. Für ein paar Dollar könnte er jeden von ihnen dazu kriegen, in den Wagen zu steigen, um mit ihm nach Hause zu fahren, Lederjacke, Jeans, Hemd und Cowboystiefel auszuziehen, und sich als nackter, störrischer, junger Athlet mit ihm in einen Ringkampf nach seinem Geschmack einzulassen. Aber George braucht die käuflichen, unwilligen Körper dieser Burschen nicht. Er will sich an seinem eigenen Körper erfreuen – dem zäh triumphierenden, alten Körper eines Überlebenden, der schon Jim überlebt hat und auch Doris überleben wird.

Und obwohl heute eigentlich gar nicht sein Tag ist, beschließt er, auf dem Weg nach Hause einen Abstecher ins Sportstudio zu machen.

Im Umkleideraum legt George die Kleider ab und zieht seine Schweißsocken, den Jockstrap und die Shorts an. Soll er ein T-Shirt überziehen? Er besieht sich im großen Spiegel. Gar nicht so übel. Die Fleischwülste über dem Hosenbund sind heute nicht so sichtbar. Die Beine sind ganz ordentlich. Die Brustmuskeln, richtig angespannt, hängen nicht durch. Und solange er keine Brille aufhat, fallen ihm auch die kleinen Fältchen in der Innenseite der Ellbogen, auf den Knien und um den Nabel nicht auf. Der Hals ist schlaff und dürr in jeder Situation, in jedem Licht – selbst wenn er halb blind wäre, würde er es noch sehen. Den Hals hat er gänzlich aufgegeben, so wie man eine unhaltbare militärische Stellung aufgibt.

Noch sieht er besser aus – und ob! – als alle anderen seines Alters in diesem Sportstudio. Nicht daß die anderen in besonders schlechtem Zustand wären – es sind ganz gesunde Kerle –, was nicht stimmt bei ihnen, ist ihre fatalistische Einstellung zum Altern, dieses unwürdige Resignieren, Großvater zu sein, in Ruhestand zu treten, Golf zu spielen. George unterscheidet sich von ihnen auf eine Art, die man nicht genau beschreiben kann, die jedoch sofort ins Auge springt, wenn man ihn nackt sieht – *denn er hat noch nicht aufgegeben.* Er ist noch in der Konkurrenz, die anderen sind es nicht mehr. Vielleicht steckt nichts Geheimnisvolleres als Eitelkeit dahinter, was ihm die Aura des ewig jungen verleiht. Ja, trotz der Fältchen, der grauen Haare und seiner mit aller Anstrengung zur Schau getragenen Munterkeit, hat man gelegentlich den Eindruck, im Geiste einen anderen Menschen zu sehen, glattgesichtig, jungenhaft, hübsch. Die Kombination ist bizarr, aber sie existiert.

Während er angestrengt in den Spiegel schaut, halb belustigt, halb mit Widerwillen, sagt sich George: Wen willst du noch verführen, du alter Esel? Und zieht sein T-Shirt über.

Nur drei Personen sind im Studio. Noch ist es zu früh für die Büroangestellten. Ein klobiger, dicker Mann namens Buck – das ist alles, was übrigbleibt von einem Footballspieler, wenn er fünfzig ist –, unterhält sich mit einem kraushaarigen jungen Mann, der Rick heißt und zum Fernsehen möchte. Buck ist so gut wie nackt, sein schlingernder Bauch quillt unanständig über einer winzigen Badehose hervor, die bis an die Schamhaare heruntergedrückt wird. Er scheint gänzlich ohne Hemmungen zu sein. Rick hingegen, der sehr gut gebaut ist, trägt einen grauwollenen Trainingsanzug, der seinen Körper vom Hals bis zu den Hand- und Fußgelenken verbirgt. »Hallo, George«, begrüßen ihn die beiden und nicken ihm beiläufig zu; und für George ist das die echteste aller freundlichen Begrüßungen an diesem Tage.

Buck kennt sich ausgezeichnet in der Geschichte des Sports aus, er ist ein wandelndes Lexikon aus Durchschnittsleistungen, Handikaps, Rekorden und Ergebnissen. Im Augenblick erzählt er gerade, wie ein Boxer einen anderen in der siebten Runde fertiggemacht hat. »Wumm! Bumm! Und da lag er schon!« Rick hört ihm, rittlings auf einer Bank sitzend, zu. Hier an diesem Ort herrscht stets eine Atmosphäre der Entspannung. Ein Bursche wie Rick zum Beispiel nimmt sich gewöhnlich drei bis vier Stunden Zeit zum Trainieren, wobei er den größten Teil der Zeit mit Sprüchen über Sportwagen, Boxen, Football und Showgeschäft verbringt – und über *Sex* merkwürdigerweise nur sehr selten redet. Teilweise wahrscheinlich mit Rücksicht auf die Kinder und Jugendlichen, die gewöhnlich dabei sind. Wenn Rick mit Erwachsenen spricht, wird er zum Klugscheißer und Schauspieler, aber im Umgang mit Kindern ist er unbefangen wie ein Dorftrottel. Für sie ist er der Clown, der Zauberkünstler, der ihnen mit todernstem Gesicht (und genauer Adressenangabe) Geschichten über ein Geschäft in Long Beach erzählt, wo alle Jahre einmal, plötzlich und ohne vorherige Ankündigung, ein großer Ausverkauf veranstaltet wird. Jeder Kunde, der für mehr als einen Dollar einkauft, bekommt einen Jaguar oder einen Porsche oder einen MG als Zugabe. (Das Geschäft ist in der übrigen Zeit ein ganz gewöhnlicher Antiquitätenladen.) Wird Rick dann aufgefordert, den Wagen zu zeigen, den *er* bekommen hat, geht er mit ihnen vor die Tür und zeigt auf irgendein passendes Modell, das gerade auf der Straße parkt. Und wenn sie dann auf der Zulassung am Lenker sehen, daß das Auto jemand anderem gehört, schwört Rick, daß dies sein eigentlicher Name sei, den er als Schauspieler geändert habe. Im Grunde glauben ihm die Kinder das, aber sie beschimpfen ihn trotzdem als Lügner und schlagen mit Fäusten auf ihn ein. Währenddessen kriecht Rick dann wie ein Hund auf allen vieren im Sportstudio umher und macht seine Kapriolen.

George legt sich auf eines der schräg gestellten Bretter, um seine Bauchmuskeln zu trainieren. Etwas, was dem Körper gar nicht zusagt, weniger als jede andere Übung; deshalb muß man sich erst langsam darauf einstellen. Während er allmählich in Stimmung kommt, erscheint Webster und legt sich auf das Brett neben ihm. Webster ist zwischen zwölf und dreizehn, schlank und anmutig und großgewachsen für sein Alter, mit langen, glatten Knabenbeinen. Er ist sanft und schüchtern und bewegt sich im Studio wie im Traum; aber er macht regelmäßig seine Übungen. Zweifellos hält er sich für zu mager und hat sich deshalb geschworen, ein riesiger, breiter, ungefüger Muskelprotz zu werden.

»Hallo, Web«, sagte George, und Webster antwortet in scheu geheimnisvollem Flüsterton: »Hallo, George.«

Webster beginnt jetzt mit seinen Übungen, und George, mit

plötzlichem Impuls, zieht sich das Hemd aus und folgt seinem Beispiel. Nach einer Weile fühlt George eine wachsende Zuneigung zwischen ihnen aufsteigen. Sie konkurrieren gar nicht miteinander, aber Websters Jugend und Geschmeidigkeit gehen auf George über, und diese geborgte Energie ist phantastisch. Indem er seine Aufmerksamkeit von den eigenen unwilligen Muskeln weg auf den sich beugenden und streckenden Körper von Webster konzentriert, schöpft George die Kraft, um über seine üblichen vierzig Beugen auf fünfzig, sechzig, siebzig, achtzig, hinauszuwachsen. Soll er bis auf hundert gehen? Mit einem Mal bemerkt er, daß Webster aufgehört hat. Und sofort verläßt ihn die Kraft. Auch er hört auf – schwer atmend, wenn auch nicht schwerer als Webster. So liegen sie Seite an Seite da und schnappen nach Luft. Webster wendet den Kopf und sieht George an, offenbar ziemlich beeindruckt.

»Wieviel schaffen Sie gewöhnlich?«

»Ach – kommt darauf an.«

»Mann! Diese Übungen schaffen mich!«

Wie gut es tut, hier zu sein. Könnte man nur sein ganzes Leben in diesem Zustand ungezwungener, körperlicher Demokratie zubringen. Hier meckert niemand, hier gibt es keine schlechte Laune, hier werden einem keine hinterhältigen Fragen gestellt. Gestattet ist jede Form von Eitelkeit, einschließlich der auffälligsten Posen vor dem Spiegel. Der göttlich gebaute junge Baseballspieler vertraut einem seine Ängste wegen seiner zu dünnen Fußknöchel an. Der korpulente Bankier, der sich das Gesicht mit Hautcreme einreibt, gibt ganz einfach zu: »Ich kann es mir nicht erlauben, alt zu werden.« Keiner ist vollkommen, und keiner tut so, als wäre er's. Sogar die paar bekannten Schauspieler geben sich hier ganz ungezwungen. Nackt und unschuldig sitzen die Jüngsten neben Sechzig- und Siebzigjährigen in der Dampfsauna, und jeder nennt den anderen beim Vornamen. Hier ist niemand zu häßlich oder zu schön, um als gleicher akzeptiert zu werden. Sicher ist hier drinnen jeder netter, als er draußen ist.

Noch weniger gern als sonst verläßt George heute das Sportstudio. Er absolviert seine Übungen doppelt so lange wie sonst, er bringt eine ganze Weile in der Dampfsauna zu, er wäscht sich die Haare.

Als er wieder auf die Straße tritt, dämmert es schon. Und nun faßt er einen weiteren impulsiven Entschluß: anstatt auf direktem Wege zurück an die Küste zu fahren, wird er einen längeren Umweg durch die Berge machen.

Weshalb? Zum Teil, weil er die heitere, sorglose, gelöste Stimmung auskosten möchte, die das Training im Sportstudio nahezu jedesmal bei ihm auslöst. Es tut ja so gut, des Körpers Dank und Zufriedenheit zu fühlen; wie sehr er auch protestieren mag, hat er es doch gern, wenn man ihn zu solchen Arbeiten zwingt. Jetzt wird der Vagusnerv für einige Zeit wenigstens nicht zucken, der Pylorus wird sich ruhig verhalten, die arthritischen Daumen und Knie werden nicht mucksen. Wie beruhigend und erholsam, daß man jetzt kein Bedürfnis nach Aufputschmitteln spürt, daß man nichts und niemanden zu hassen hat! George wünscht sich nur eines: in dieser Stimmung zu bleiben, solange er fährt.

Außerdem hat er das Bedürfnis, mal wieder die Berge zu sehen. Schon lange ist er nicht mehr dort oben gewesen. Jahre zuvor, noch ehe er Jim kennenlernte, gleich nachdem er das erste Mal nach Kalifornien gekommen war, pflegte er oft Ausflüge in die Berge zu unternehmen. Was ihn faszinierte, war das Wilde, das weitgehend Unbewohnte dieser Bergkette, die so nahe, ja ganz unmittelbar neben der Großstadt aufsteigt. Dort empfand er den Kitzel, ein Fremder zu sein, ein Eindringling, der inmitten einer primitiven, fremdartigen Natur nach Abenteuern sucht. Gewöhnlich fuhr er bei Sonnenuntergang oder ganz früh am Morgen los, stellte seinen Wagen irgendwo ab und wanderte dann ziellos auf den Feuerschutzpfaden entlang, bekam das Wild zu sehen, das tief unter ihm im Dickicht einer Schlucht verschwand, hielt inne, um einen über ihm kreisenden Falken zu beobachten, umging mit vorsichtigen Schritten ein Gespann haariger Taranteln, das ihm über den Weg kroch, folgte einer gewundenen Spur im Sand, bis er auf eine zusammengerollte, dösende Klapperschlange stieß. Manchmal, im Zwielicht der Dämmerung, begegnete er einem Rudel Coyoten, wie sie in einer Reihe hintereinander mit eingezogenen Schwänzen auf ihn zutrotteten. Beim ersten Mal hielt er sie für Hunde, bis sie dann plötzlich, ohne Laut zu geben, ihre Reihe auflösten und in großen, unheimlichen Sätzen bergab und außer Sicht sprangen.

Aber an diesem Nachmittag bekommt George von jener Ehrfurcht einflößenden Erregung nichts zu spüren. Von Anfang an ist irgend etwas nicht in Ordnung. Die steil ansteigende, gewundene Landstraße, die ihm stets so romantisch vorkam, ist nur anstrengend, dazu gefährlich. Fortwährend kommen ihm an unübersichtlichen Kurven andere Wagen entgegen, und er muß scharf ausweichen. Als er endlich die Spitze erreicht, hat er jeglichen Sinn für Entspannung verloren. Sogar hier oben werden neue Häuser zu Dutzenden gebaut. Die ganze Gegend wird zersiedelt. Gewiß, ein paar unbewohnte Canyons sind noch da, aber George hat keine Freude mehr an ihnen. Ihn bedrückt die Nähe der Großstadt, die sich auf beiden Seiten der Berge nach Norden und nach Süden ausdehnt und über die ganze Tiefebene ausgebreitet hat. Sie hat die weiten Weideflächen, die Felder und die letzten Orangenhaine aufgefressen; sie hat die umliegenden Seen ausgesaugt und die Bergwälder entkräftet. Bald wird sie auch noch entsalztes Meereswasser trinken. Und dennoch wird sie untergehen. Auch ohne daß sie von Raketen ausradiert, in einer zweiten Eiszeit erstarrt oder durch ein riesiges Erdbeben zerstört und in den Pazifik gespült zu werden braucht. Sie geht zugrunde an Überausdehnung, sie geht unter, weil ihre Wurzeln Gier und Unverschämtheit, in denen ihre einzige Stärke lag, ausgetrocknet sind. Und der natürliche Zustand dieses Landes, die Wüste, wird wiederkehren.

Oh, wie sicher, wie betrüblich genau George das weiß! Er stoppt den Wagen, stellt sich an den gelben holprigen Straßenrand neben einen Manzanitabusch und, während er sein Wasser läßt, schaut er über Los Angeles wie ein trauriger jüdischer Prophet des Unterganges. *Gefallen, gefallen ist Babylon, die große, die mächtige Stadt.* Diese Stadt aber ist nicht groß, sie war es nie, und um zu fallen, fehlt es ihr an Tiefe.

Durch und durch deprimiert, zieht er den Reißverschluß an der Hose zu, steigt in den Wagen und fährt davon. Die Wolken hängen tief in die Berge hinein, geben ihnen etwas Nördliches und Trübes, wie in Wales. Das Tageslicht vergeht, in der Ebene funkeln die Lichter auf in ihrem falschen, trügerischen Glanz. Die Straße windet sich abwärts auf den Sunset Boulevard zu, und er nähert sich dem Ozean.

Noch ist der Supermarkt geöffnet, er wird nicht schließen vor Mitternacht. Prachtvoll erleuchtet ist er, und seine Lichter bieten Schutz vor Einsamkeit und Dunkelheit. Viele Stunden seines Lebens könnte man hier zubringen, um im Zustand schwebender Unsicherheit über die Vielfalt der Dinge nachzusinnen, die eßbar sind. Mein Gott, es gibt so vieles! So viele Sorten und Marken in lauter schimmernden Verpackungen, und alle versprechen guten Appetit. Jeder Artikel in den Regalen schreit: Nimm mich, nimm mich. Und allein der Wetteifer, mit dem sie ihre Reize offerieren, macht dich glauben, daß sie dich wollen, ja sogar lieben. Aber weit gefehlt. Kaum bist du in deinem leeren Zimmer, findest du schnell heraus, daß dich die trügerische Elfe Werbung geschickt hintergangen hat. Was übrigbleibt, sind Kartons, Zellophan und Kalorien. Und dir vergeht aller Appetit.

Dieser freundliche Ort ist eigentlich gar keine Zufluchtsstätte. Im Hinterhalt aller Flaschen, Kartons und Dosen lauern erschreckend lebendige Erinnerungen an Mahlzeiten, die eingekauft, zubereitet und verspeist wurden, zusammen mit Jim. Und sie stechen auf George ein, während er seinen Einkaufswagen vor sich hinschiebt. Wer nie sein Brot alleine aß …

Und wenn er sich sagte: Aber heute abend will ich nicht allein sein – könnte das nicht sehr gefährlich enden? Wäre das nicht der Beginn eines langsamen Erdrutsches? Angefangen vom Essen in Schnellrestaurants und vom Trinken in Bars bis zum Trinken zu Hause, ohne zu essen, bis zur Verzweiflung und zu Schlaftabletten und der unvermeidlichen Überdosis? Wer verlangt denn von mir, daß ich tapfer zu sein habe? Wer hängt denn schon an mir? Wer sorgt sich denn um mich?

Mein Freund, jetzt wirst du rührselig, sagt sich George und versucht, sich zwischen Heilbutt, Seebarsch, Gehacktem oder Steak zu entscheiden. Er hat einen Ekel gegen alle vier, dann eine plötzliche Wut. Verdammtes Essen. Verdammtes Leben. Am liebsten würde er den Einkaufswagen stehenlassen, aber der ist bereits voller Lebensmittel und das würde Mehrarbeit für die Angestellten bedeuten, von denen einer ganz reizend aussieht. Und die zweite Möglichkeit, das ganze Zeug selber an die richtigen Plätze zurückzustellen, erscheint ihm jetzt wie eine Herkulesarbeit; denn seine Trauer lähmt ihn. Diese Melancholie, die dahin führt, daß man sich ins Bett legt und nicht eher wieder aufsteht, bis man wirklich krank ist.

Also rollt er den Wagen zur Kasse, bezahlt, hält auf dem Wege zum Parkplatz an, geht in die Telefonzelle, wählt.

»Hallo.«

»Hallo, Charley.«

»*Geo!*«

»Hör mal – könnte ich meine Absage für heute abend rückgängig machen? Als du heute morgen anriefst, hatte ich eine Verabredung, aber soeben höre ich, daß ...«

»*Natürlich* geht es!« Sie macht sich nicht einmal die Mühe, sich seine verlogenen Ausflüchte bis zu Ende anzuhören. Ihre Freude funkt noch schneller durch den Draht als ihre Worte. Auf einmal sind Geo und Charley miteinander verbunden, sind sogar ein weiteres glückliches Paar unter all den einsamen Wanderern an diesem Abend. Wenn jetzt einer der Angestellten sein Gesicht durch die Scheibe der Kabine beobachtet, könnte er es erröten sehen wie das eines Liebhabers.

»Kann ich dir etwas mitbringen? Ich bin beim Supermarkt.«

»Oh, Geo, du Guter! Nein danke, ich habe ganze Wagenladungen. Neuerdings kaufe ich viel zuviel ein, das liegt vermutlich ...«

»Dann komme ich also nachher rüber, aber ein bißchen dauert es noch, ich muß erst bei mir zu Hause vorbeifahren. Bis dann.«

»Oh, Geo, *das* ist aber nett! Au revoir!«

Er ist aber derartig verdreht, daß sich seine Laune schon wieder ändert, bevor er noch seine Einkäufe im Wagen verstaut hat. Will ich sie denn wirklich sehen? fragt er sich. Und: Weshalb in aller Welt habe ich überhaupt angerufen? Und er malt sich aus, wie behaglich er es sich zu Hause machen könnte: zuerst das Essen zubereiten, dann langlegen auf der Couch neben dem Bücherregal und sich langsam in den Schlaf lesen. Auf den ersten Blick eine absolut überzeugende und bezaubernde Szene häuslicher Zufriedenheit, nur daß George Sekunden später einfällt, daß er etwas ausgelassen hat, wodurch alles wieder bedeutungslos wird. Er hat Jim ausgelassen, der am andern Ende der Couch liegt und ebenfalls liest; beide ganz vertieft in ihre Bücher und doch im vollen Bewußtsein der Gegenwart des anderen.

Zu Hause angekommen, vertauscht er seinen Straßenanzug mit einem Khakihemd aus alten Armeebeständen, einer verwaschenen Blue Jeans, Mokassins und einem Sweater. (Wegen dieser Aufmachung sind ihm hin und wieder schon Zweifel gekommen. Erweckt das nicht den Eindruck, er kleide sich absichtlich zu jung? Jim aber pflegte ihm dann zu sagen, für ihn sei so etwas gerade das Richtige, er sähe aus wie Rommel in Zivil. Das gefiel George.)

In dem Moment, da er fertig ist, um das Haus wieder zu verlassen, klingelt die Türglocke. Wer kann das sein zu dieser Stunde?

Mrs. Strunk!

(Was habe ich jetzt wieder angestellt, worüber sie sich beklagen könnte?)

»Ach, guten Abend –« (Augenscheinlich ist sie nervös und unsicher; ganz bestimmt, weil sie weiß, daß sie die Grenzbrükke überschritten hat und sich auf feindlichem Terrain befindet.) »Ich ahne, wie beschäftigt Sie sind und daß ich Sie jetzt so kurz vorher wahrscheinlich störe... Ich... Mein Mann und ich wollten Sie schon so oft bitten – wir sind ja so lange nicht mehr zusammengekommen – könnten Sie es möglich machen und zu einem Drink rüberkommen?«

»Jetzt gleich, meinen Sie?«

»Oh, warum nicht? Es ist niemand weiter da, wir sind allein.«

»Das tut mir aber leid, ich muß nämlich gleich aus dem Haus gehen.«

»Nun ja – ich ahnte es, daß Sie keine Zeit haben würden, aber...«

»Nein, wirklich«, sagt George und meint es auch so, denn er ist im höchsten Maße überrascht, erfreut, gerührt. »Ich möchte so *gern* kommen, ginge es nicht etwas später, wenn ich rechtzeitig zurückkommen sollte?«

»Natürlich, gern.« Aber Mrs. Strunk glaubt ihm nicht. Sie lächelt betrübt. Plötzlich erscheint es George von größter Wichtigkeit, daß er sie überzeuge.

»Ich möchte *liebend* gern kommen. Wie wäre es mit morgen?«

Ihr Gesicht wird lang. »Morgen, ach morgen paßt es nicht so

gut, weil sich Freunde aus dem San Fernando Valley angesagt haben, und ...«

Und denen könnte irgendwas Schwules an mir auffallen, was euch peinlich ist, denkt George. Schon gut, schon gut.

»Natürlich, ich verstehe«, sagt er. »Aber wir werden es bald nachholen, nicht wahr?«

»Oh, *ja*«, stimmt sie inbrünstig zu, »*sehr* bald ...«

Charlotte wohnt am *Soledad Way*, einer engen, ansteigenden Straße, an der nachts auf beiden Seiten derartig viele Autos parken, daß sich zwei Fahrer nur mit Mühe aneinander vorbeiquetschen können. Wenn man dort hinkommt, nachdem die einzelnen Anlieger von ihrer Arbeit heimgekehrt sind, muß man mit Sicherheit seinen Wagen einige Straßenblocks weit weg, ganz unten am Fuß des Hügels abstellen. Doch für George ist das kein Problem, denn er geht zu Charleys Haus in weniger als fünf Minuten.

Ihr Haus liegt hoch oben am Hang, drei Absätze schiefer, ausgetretener Holztreppen hoch, im ganzen fünfundsiebzig Stufen. Darunter, in Straßenhöhe, liegt ein baufälliger Schuppen, der als Garage vorgesehen war, von Charlotte aber bis an die Decke mit ausrangierten Überseekoffern und Gemüsekisten mit Gerümpel vollgestopft wird. Jim hatte immer den Verdacht, sie blockiere die Garage nur, um sich keinen eigenen Wagen anschaffen zu müssen. Wie dem auch sei, jedenfalls weigert sie sich standhaft, das Autofahren zu lernen. Wenn sie irgendwohin muß und niemand sie mitnehmen kann, na schön, dann bleibt sie eben zu Hause. Doch die Nachbarn helfen ihr fast immer. Völlig eingeschüchtert und behext von dieser britischen Art, die George, wenn auch mit anderen Mitteln, selber so gut auszuspielen weiß.

Charlottes Nachbarhaus steht auf Straßenhöhe. Steigt man die Stufen zu ihrem hoch, bekommt man durch das Badezimmerfenster einen flüchtigen, aber intimen Einblick in häuslichen Schmutz (es muß ganz offen gesagt werden, daß *Soledad* einen ganzen Grad unterhalb des gesellschaftlichen Niveaus von *Camphor Tree* liegt): eine mit Unterwäsche und Windeln behängte Badewanne, eine Klistierspritze, die an das Brauserohr gebunden ist, auf dem Fußboden eine Schlosserzange. Von den Nachbarskindern ist im Augenblick keines sichtbar, aber man sieht, wie der Hang über ihrem Hause von ihnen in eine steinharte, glatte Fläche getrampelt worden ist, auf der außer ein paar Kakteen nichts mehr am Leben ist. Ganz oben am Hang erhebt sich eine galgenartige Vorrichtung mit einem Netz für Basketball.

Charlottes Grundstück läßt sich vorläufig noch als Garten bezeichnen. Es ist terrassenförmig angelegt, und einige der auf ihm wachsenden Rosenstöcke stehen gerade in Blüte. Sie sind aber recht vernachlässigt. Wenn Charlotte in einer ihrer depressiven Phasen steckt, müssen sogar die armen Blumen darunter leiden.

George steigt die Treppen langsam hoch, er läßt sich Zeit. (Nur die ganz Jungen brauchen sich nicht zu schämen, wenn sie keuchend oben ankommen.) Diese Außentreppen sind als Sehenswürdigkeit in der ganzen Nachbarschaft berühmt. Ein paar tragen auf den Stufen Inschriften, die noch von den alten Bohemiens stammen und die an betrunkene Gäste gerichtet waren, wenn diese auf Händen und Füßen hochgeklettert kamen: Immer weiter aufwärts – Keine Müdigkeit vorschützen – Junge, bist Du aber klapprig – He, hier wird nicht gestorben! – Ist das nicht wie im Himmel?

Die Zeit hat es mit sich gebracht, daß aus diesen Treppenanlagen Instrumente posthumer Rache der Kolonisten an ihren Nachfolgern, den modernen Hausfrauen, geworden sind; denn sie trotzen allen Errungenschaften moderner Arbeitsersparnis. Wenn man nicht gerade einen Riesenkran aufbietet, gibt es absolut keine Möglichkeit, irgendeinen Gegenstand anders als mit den Händen hochzubringen. Der Kühlschrank, der Gasherd, die Badewanne, das ganze übrige Mobiliar für Charlottes Haus mußte von vier starken und wildfluchenden Männern nach oben gezogen und geschoben werden, die ihr hinterher riesige Extrakosten berechneten und dreifache Trinkgelder erwarteten.

Als er beinahe oben ist, tritt Charley aus dem Haus. Wie gewöhnlich hat sie schon Ausschau nach ihm gehalten, immer in der Befürchtung, er könnte sich in letzter Minute wieder anders besinnen. Sie treffen sich auf der wackligen, kleinen Holzveranda und umarmen sich. George spürt, wie sich ihr weicher, dicklicher Körper an ihn drückt. Dann gibt sie ihm unvermittelt einen kräftigen Klaps auf den Rücken, um zu zeigen, daß sie die Zuneigung nicht übertreiben will; sie weiß, wann es genug ist.

»Und nun rein mit dir«, sagt sie.

Bevor er ihr ins Innere folgt, wirft George einen Blick über das kleine Tal auf die Lichter der Strandpromenade, wo die Dünen beginnen und der dunkle unsichtbare Ozean. Es ist eine milde windstille Nacht mit leichten Nebelstreifen von der See her, die die Lichter in den Häusern unten eintrüben. Wenn der Nebel erst wirklich dick wird, sieht man von dieser kleinen Veranda aus überhaupt keine Häuser, alle Lichter verschwimmen und Charlottes Nest scheint aller Welt wundersam entrückt zu sein.

Das Häuschen ist eine einfache, rechteckige Kiste, eins jener Fertighäuser, von denen nach dem Krieg soviel hergemacht wurde. Die Presse schwärmte davon, sie wurden als die »Heimstätten der Zukunft« gepriesen – aber Anklang fanden sie keinen. Das Wohnzimmer ist mit Reisstrohmatten ausgelegt und eingerichtet wie ein Laden für Souvenirs aus dem Fernen Osten. Ein Teehauslampion über der Tür, Windglocken in den Fenstern, ein übergroßer roter Papierdrache an der Wand. Zwei Bildrollen: ein wütender japanischer Tiger, der einen herabschießenden (amerikanischen?) Adler anknurrt; ein unter einem Baum sitzender Unsterblicher, dem ein halbes Dutzend sechs Meter langer Haare aus dem Kinn wachsen. Drei niedrige Couches, bedeckt mit bunten Seidenkissen, die für eine nützliche Verwendung zu klein sind, aber hervorragende Wurfgeschosse abgeben.

»Ich muß schon sagen, hier drin herrscht ein gräßlicher Küchengeruch!« ruft Charlotte. Und das stimmt auch. Doch George antwortet höflich, daß es ganz köstlich dufte und ihm Appetit mache.

»Die Sache ist die: ich probiere nämlich ein neues Schmorfleischgericht aus. Die Idee kam mir beim Lesen eines wunderbaren Reisebuchs über Borneo, das mir Myrna Custer geliehen hat. Leider drückt sich der Verfasser nicht ganz klar aus, so mußte ich ein bißchen improvisieren. Eigentlich habe ich den Verdacht, man müßte Menschenfleisch dazu verwenden. Aber ich habe die Reste eines Bratens ...«

Sie ist wesentlich jünger als George – sie wird fünfundvierzig –, ist aber wie George bereits eine Überlebende. Jedenfalls besitzt sie die für eine Überlebende typische Härte und Zähigkeit. Früheren Fotografien nach zu schließen, muß sie ganz hübsch gewesen sein, solange ihre großen grauen Augen noch den weichen Schimmer der Jugend hatten. Jetzt sind ihre kleinen Bäckchen aufgedunsen und gerötet, und ihre Haare, die ihrem Gesicht einst wohl etwas charmant Unordentliches verliehen haben, sind heute nur noch unordentlich. Trotzdem hat sie nicht aufgegeben. Ihre Kleidung legt eine groteske Form von Galanterie an den Tag, schlecht beraten, aber lieb und reizend: eine bestickte Bauernbluse in kühnen roten, gelben und violetten Farben mit aufgerollten Ärmeln bis an die Ellbogen; ein mexikanischer Zigeunerrock, der aussieht wie eine umgeschlungene Decke, gehalten von einem silberbeschlagenen Cowboygürtel, der ihre unförmige Figur nur noch mehr unterstreicht. Und schließlich, warum soll sie sich nicht auch die Fußnägel bemalen, wenn sie schon barfuß in Sandalen herumläuft? Jim hat bei einem ähnlichen Aufzug einmal scherzhaft zu ihr gesagt: »Wie ich sehe, haben Sie unsere Heimattracht angelegt, Charley.« Darauf hat sie gelacht, ohne beleidigt zu sein, aber die Pointe hat sie nicht verstanden. Bis heute nicht. Sie hat eben ihre eigene Vorstellung von zwangloser kalifornischer Freizeitkleidung und ist ehrlich davon überzeugt, sie kleide sich nicht anders als Mrs. Peabody von nebenan.

»Hab' ich dir eigentlich schon erzählt, Geo? Nein, natürlich nicht... ich habe nämlich für das Neue Jahr zwei Vorsätze gefaßt. Nur, daß sie jetzt schon in Kraft treten. Erstens: Ich will endlich zugeben, daß ich Bourbon hasse.« (Sie spricht es aus wie das französische Herrscherhaus, nicht wie die Whiskymarke.) »Solange ich hier im Lande lebe, habe ich immer das Gegenteil behauptet ... alles bloß, weil Buddy das Zeug so gern trank. Aber seien wir doch ganz ehrlich: wen soll ich jetzt damit noch täuschen?« Sie lächelt George an, ganz tapfer und heiter, um ihn zu beruhigen, daß kein Anfall von Buddy-Blues bevorsteht, um dann rasch fortzufahren: »Und mein zweiter Entschluß: ich geb's endlich auf, diese ärgerliche Beschuldigung zu bestreiten, daß Frauen die Drinks zu stark mixen. *Sie tun's,* verdammt noch mal! Ich glaube, das muß mit unserer fürchterlichen Gefallsucht zusammenhängen. Drum wollen wir das neue Regime mit dem heutigen Tage beginnen. Du machst dir deinen Drink selber zurecht und meinen dazu. Für mich, bitte, einen Wodka mit Tonic.«

Sie hat offensichtlich schon ein paar hinter sich. Ihre Hände zittern, als sie sich eine Zigarette ansteckt. (Der indonesische

Aschenbecher ist wie gewöhnlich voller Stummel mit Lippenstiftrand.) Dann geht sie ihm voran in die Küche in ihrer merkwürdig schlingernden Gangart, die fast schon ein Hinken ist und auf Arthritis und eine damit einhergehende unüberwindliche Härte hindeutet.

»Es war lieb von dir, Geo, heute abend zu kommen.«

Er grinst angemessen, sagt nichts.

»Deine andere Verabredung hast du fallengelassen, nicht wahr?«

»Ganz und gar nicht. Ich habe dir ja am Telefon erklärt, daß diese Leute in letzter Minute abgesagt...«

»Ach komm! Ich glaube manchmal, du schämst dich hinterher, wenn du mal etwas wirklich Nettes getan hast! Du wußtest ganz gut, wie sehr ich dich heute abend brauche und hast daraufhin die Verabredung abgesagt. Du hast wieder mal geflunkert, das hätte ich dir schon sagen können, als du den Mund aufmachtest! Du und ich, wir können uns nichts mehr vormachen. Mir ist das seit langem klargeworden, aber dir wohl *nicht* – nach all den Jahren?«

»Eigentlich schon«, gibt er lächelnd zu und denkt sich: Was für ein ausgemachter und weitverbreiteter Unsinn zu glauben, daß deine besten Freunde dich notwendigerweise auch am besten verstehen müssen. Als wenn nicht schon viel zuviel Verständnis auf der Welt wäre – vor allem das in Wort und Ton gerühmte Einverständnis zwischen Liebenden, das in Wirklichkeit aber eine solche Qual ist, daß es ohne häufige Trennungen oder Kämpfe nicht zu ertragen ist. Gute alte Charlotte, denkt er, während er in ihrer unaufgeräumten und nicht sehr sauberen Küche die Drinks zurechtmacht, ohne deinen wundervollen Mangel an Gespür hätte ich schwerlich die letzten Jahre überstanden. Wie oft, wenn Jim und ich uns verkracht hatten und zu dir kamen – schmollend, einander nicht in die Augen sehend und nur durch dich miteinander sprechend –, wie oft hast du uns dann wieder zusammengebracht, einfach weil du nicht gemerkt hast, daß etwas nicht stimmt?

Als George jetzt den Wodka eingießt (ihr einen leichten, um sie zu mäßigen) und den Scotch (sich einen kräftigen, um aufzuholen), beginnt er dieses im höchsten Maße geheimnisvolle und gar nicht sensationelle Ding zu fühlen – nicht Wonne, nicht Ekstase, nicht Freude, sondern einfach Glück. *Das Glück, le bonheur, la felicidad* – alle drei Geschlechter hat man ihm gegeben, aber es muß zugegeben werden, wenn auch ungern, daß die Spanier recht haben; es ist gewöhnlich weiblich, das heißt von der Frau geschaffen. Charley schafft es erstaunlich oft; auch das muß wieder so etwas sein, dessen sie sich nicht ganz bewußt ist, denn sie bringt es auch dann noch zuwege, wenn sie selber unglücklich ist. Was George angeht, ist seine *felicidad* ganz und gar selbstsüchtig; er kann sie gelassen genießen, während Charley mitten in ihrem Buddy-Blues oder einer Fred-Krise steckt (eins von beiden braut sich offensichtlich heute abend zusammen). Trotzdem, es gibt auch weniger glückliche Tage, wo man nur ihren Blues ohne *felicidad* erlebt, und dann herrscht Friedhofsstimmung. Doch heute abend gefällt es ihm bei ihr.

Inzwischen hat Charlotte einen prüfenden Blick in den Ofen geworfen und die Tür wieder zugemacht. »Noch zwanzig Minuten«, verkündet sie mit der Zuversicht eines erstrangigen Küchenchefs, was sie bei Gott nicht ist.

»Fred hat mich angerufen ... gestern spät abend«, beginnt sie, während beide mit den Gläsern in der Hand zurück ins Wohnzimmer gehen. In ihrer Stimme liegt ein verhaltener Krisenton.

»So?« George bringt es fertig, daß seine Stimme überrascht klingt. »Wo steckt er denn jetzt?«

»Palo Alto.« Charlotte läßt sich dramatisch auf die Couch unter den Papierdrachen fallen, als habe sie »Sibirien« gesagt.

»Palo Alto ... war er da nicht schon früher einmal?«

»Natürlich war er. Da wohnt doch dieses Mädchen, und er lebt mit ihr zusammen ... Ich muß mir doch endlich angewöhnen, nicht mehr ›dieses Mädchen‹ zu sagen. Schließlich hat sie ja auch einen Namen: Loretta Marcus, und ich kann schwerlich so tun, als wüßte ich ihn nicht. Außerdem geht's mich ja auch nichts an, mit wem Fred zusammen ist oder was sie bei Fred tut. Ihre Mutter scheint sich ja auch nicht viel darum zu kümmern ... Also, wir hatten ein langes Telefongespräch. Diesmal war er ganz sanft und vernünftig, wenigstens war zu spüren, daß er sich Mühe gab ... Geo, es tut nicht gut, wenn wir so weitermachen. Er hat nun mal seinen Entschluß gefaßt, er will einen vollständigen Bruch.«

Ihre Stimme zittert unheilschwanger. »Er ist eben noch sehr jung«, sagt George.

»Für sein Alter ist er sehr erwachsen. Der hätte schon vor zwei Jahren für sich alleine sorgen können. Ich kann ihn doch nicht mehr wie ein Kind behandeln, nur weil er noch minderjährig ist. Ich meine, vom Gesetz Gebrauch machen und ihn zurückholen. Außerdem würde er mir das *nie* vergeben.«

»Er hat sich doch schon mal anders besonnen.«

»Ach, jetzt denkst du, er hat sich mir gegenüber schlecht betragen, und ich kann's dir auch gar nicht verübeln. Geo, ich meine, daß du auf meiner Seite stehst, liegt in der Natur der Sache. Und du hast ja nie eigene Kinder gehabt, ach Geo, Lieber, verzeih, das habe ich nicht so gemeint.«

»Sei nicht albern, Charley.«

»Selbst wenn du Kinder hättest, wäre es nicht dasselbe. Dieses Verhältnis zwischen Mutter und Sohn, vor allem wenn man ihn ohne Vater aufziehen muß, macht die Sache zur Hölle. Ich meine, man gibt sich Mühe und Mühe, und alles, was man tut und sagt, scheint daneben zu gehen. Ich ersticke ihn, sagte er einmal zu mir. Zuerst konnte ich es nicht verstehen. Ich konnte es einfach nicht akzeptieren, doch jetzt kann ich... muß ich es. Und ich werde es auch tun, ernsthaft, er muß sein eigenes Leben leben, weg von mir, ich darf ihn einfach längere Zeit nicht sehen, selbst wenn er noch so sehr darum bettelt... Ach Geo, ich bin so traurig, das bringe ich nicht fertig, ach Geo, ich bin so traurig...«

George rückt auf der Couch näher zu ihr heran, legt seinen Arm um sie, drückt ihre schluchzende Beleibtheit sanft und ohne zu sprechen an sich. Er ist nicht kaltschnäuzig, er ist nicht ungerührt. Charley tut ihm aufrichtig leid – aber *la felicidad* bleibt unberührt davon. Ihm ist ganz behaglich zumute. Mit der freien Hand greift er nach seinem Glas, wobei er sorgfältig darauf achtet, daß die Körperbewegung auf der anderen Seite nicht gespürt werde.

Aber es ist schon eigenartig, hier neben der schluchzenden Charlotte zu sitzen und an jene Nacht zurückzudenken, als das Ferngespräch aus Ohio durchkam. Ein Onkel von Jim, den er gar nicht kannte, bemühte sich, ihm gegenüber eine mitfühlende Haltung zu zeigen, wollte ihm sogar einen ehrenvollen Anteil am geheiligten Schmerz der Familie einräumen, kühlte dann aber merklich ab, als er Georges lakonisches *Aha, soso,* und auf die

Einladung zum Begräbnis sein kurzangebundenes *Nein, danke* hörte. Sicher hat er sich gedacht: Dieser oft erwähnte Wohngefährte kann wohl kaum ein so naher Freund gewesen sein... Später dann, nachdem George das Telefon aufgelegt hatte und die erste Schockwelle ihn packte, als ihm die Nachricht in ihrer ganzen Bedeutung zum Bewußtsein kam, war er atemlos durch die Nacht den Hang und die Treppen hinauf gestolpert und hatte an Charleys Tür geklopft. Dann das Geweine und Geheule an ihrer Schulter, in ihrem Schoß und Charley, wie sie ihn an sich gedrückt, sein Haar gestreichelt und das gesagt hatte, was man in solchen Fällen sagt... Am darauffolgenden Nachmittag, als er die Benommenheit der Schlaftabletten, die sie ihm gegeben hatte, abschüttelte, spürte er nur Ekel: Ich habe dich verraten, Jim. Unser beider Leben habe ich verraten, weil ich mich bei einem Rock ausgeweint habe. Aber das war Hysterie, die zur zweiten Schockwelle gehörte und bald vorüber war. Charley – gesegnet sei ihr törichtes Herz – beherrschte dann immer mehr die Situation, kochte ihm was zum Essen, stellte ihm die mit Stanniol umwickelten Teller zum Aufwärmen fertig auf den Küchentisch, wenn er nicht zu Hause war und ließ ihm Zettel mit der dringenden Aufforderung zurück, doch jederzeit, Tag und Nacht, bei ihr anzurufen, wenn er sich aussprechen wolle. Und den übrigen Bekannten gegenüber verheimlichte sie die Wahrheit mit einer solchen Entschiedenheit, daß mancher vermutet haben muß, Jim habe fluchtartig das Land wegen eines Sexskandals verlassen. Bis sie sich dann eine eigene Version über das Verschwinden von Jim ausdachte, die überall geglaubt wurde. Angesichts dieser Farce kommt George das Lachen. Ach ja, er kann wirklich froh sein, daß er in jener Nacht zu ihr gerannt ist. Denn sie hat ihm in jener Nacht, ohne es zu wissen, eine Lektion erteilt, die er nie vergessen wird, daß man nämlich einen Jim und ein Leben mit Jim gar nicht verraten kann, selbst wenn man wollte.

Charlotte hat sich mittlerweile beruhigt. Noch ein paar kurze Schluchzer, ein weiteres »Entschuldige«, und sie hört ganz auf.

»Ich frage mich bloß, womit hat es angefangen, daß alles schiefging?«

»Aber, Charley, um Himmels willen, wozu ist das gut?«

»Gewiß, wenn Buddy und ich zusammengeblieben wären...«

»Niemand behauptet, daß es an dir lag.«
»Die Schuld liegt immer auf beiden Seiten.«
»Hörst du noch manchmal etwas von ihm?«
»Oh ja, oft genug. Sie sind noch immer in Scranton. Er ohne Stellung. Debbie hat gerade ein Kind bekommen, ihr drittes mittlerweile, wieder eine Tochter. Ich weiß nicht, wie sie damit zurechtkommen. Immer wieder sage ich ihm, daß er kein Geld mehr schicken soll, auch wenn es für Fred ist. Aber er ist ja so stur, dieser Esel, wenn er glaubt, daß er seine Pflicht erfüllen muß. Na ja, ab jetzt müssen das Fred und er untereinander ausmachen, ich habe ja nichts mehr damit zu tun...«

Eine ratlose Pause. George gibt ihr einen ermunternden Klaps auf die Schulter. »Was hältst du davon, wenn wir uns vor dem Essen noch einen genehmigen?«

»Das ist eine ausgezeichnete Idee!« Sie lacht beinahe fröhlich. Doch dann, als er ihr leeres Glas nimmt, streichelt sie ihm gerührt die Hand. »Geo, du bist ja so gut zu mir.« Tränen treten ihr in die Augen. Aber diesmal kann er mit einigermaßen gutem Gewissen so tun, als habe er nichts bemerkt und steht auf.

Wenn ich nun derjenige gewesen wäre, den der Lastwagen zermalmt hätte, sagt er sich, während er in die Küche tritt, dann würde Jim heute abend hier sein und jetzt an meiner Stelle mit diesen beiden Gläsern in der Hand hier durch dieselbe Tür gehen. Die Dinge sind ja so einfach.

»Da wären wir also«, sagt Charlotte, »nur wir zwei, nur du und ich.«

Sie sind dabei, ihren Kaffee zu schlürfen. Das Schmorfleischgericht hat sich als außerordentlich schmackhaft erwiesen, wenn es sich auch von Charlottes sonstigen Schmorfleischgerichten nicht sonderlich unterschied; seine Beziehung zu Borneo war wohl mehr literarischer Natur.

»Nur du und ich«, wiederholt sie.

George lächelt unbestimmt vor sich hin. Noch ist er nicht sicher, ob sich hier etwas anbahnt, oder ob es sich nur um eine salbungsvolle Sentimentalität handelt, die dem Wein zuzuschreiben ist. Zusammen haben sie ungefähr anderthalb Flaschen geleert.

Aber dann, langsam und nachdenklich, als handle es sich nur um eine Hausfrauenpflicht, fügt sie hinzu: »Ich glaube, morgen oder übermorgen muß ich mich auch aufraffen und Freds Zimmer aufräumen.«

Pause.

»Bevor ich das nicht erledigt habe, bekomme ich auch nicht das Gefühl, daß jetzt wirklich alles vorbei ist. Man muß etwas unternehmen, um sich selber zu überzeugen. Weißt du, was ich meine?«

»Ja, Charley. So denke ich auch.«

»Was Fred von seinen Sachen braucht, werde ich ihm natürlich zuschicken. Alles übrige kann ich wegräumen. Unten ist ja haufenweise Platz.«

»Hast du vor, sein Zimmer zu vermieten?« fragt George; *wenn* sie schon auf etwas hinaus will, soll es auch zur Sprache gebracht werden.

»Ach nein, das könnte ich unmöglich tun, schon gar nicht an einen Fremden, weil er sich ja nirgends zurückziehen kann. Nein, er müßte schon zur Familie gehören, mein Gott, ich *muß* endlich aufhören, dieses Wort in den Mund zu nehmen, das ist die Macht der Gewohnheit... Du, Geo, verstehst mich schon, es müßte jemand sein, den ich schrecklich gut kenne...«

»Das leuchtet mir ein.«

»Weißt du... es ist ulkig, du und ich, wir befinden uns eigentlich im gleichen Boot. Unsere Häuser sind irgendwie zu groß für uns und sind uns trotzdem zu eng.«

»Je nachdem wie man es ansieht.«

»Ja... Geo, mein Lieber, wenn ich dich jetzt was frage... nicht um meine Nase in deine Angelegenheiten zu stecken oder...«

»Schieß los.«

»Jetzt, wo... na ja, also nachdem jetzt einige Zeit vergangen ist... hast du eigentlich immer noch das Bedürfnis, allein zu leben?«

»Ich habe nie das Bedürfnis gehabt, allein zu leben.«

»Ich *weiß*. Aber verzeih, so war's nicht gemeint...«

»Ist ganz in Ordnung, ich weiß.«

»Natürlich ist mir klar, was dir dieses Haus bedeutet... Nicht wahr, der Gedanke wegzuziehen, ist dir nie gekommen?«

»Nein, nicht ernsthaft.«

»Nein …« (Etwas Sehnsüchtiges klingt da durch.) »Ich glaube auch nicht, daß du das fertigbringst. Ich glaube, solange du dort wohnen bleibst, fühlst du dich Jim näher. Ist das nicht so?«

»Kann sein, daß es so ist.«

Sie greift nach seiner Hand und drückt sie lange und verständnisvoll. Dann, während sie den Rest ihrer Zigarette ausdrückt (couragiert für zwei), sagt sie lebhaft: »Geo, möchtest du uns nicht was zu trinken holen?«

»Zuerst das Geschirr.«

»Ach, mein Lieber, bitte laß es ruhig stehen. Morgen früh werde ich abspülen und zwar *gern.* Dann habe ich wenigstens etwas zu tun in diesen Tagen. Es ist sowieso …«

»Keine Widerrede, Charley! Wenn du mir nicht hilfst, mach' ich's eben allein.«

»Ach, *Geo!*«

Und nun, eine halbe Stunde später, sitzen sie wieder im Wohnzimmer mit frisch gefüllten Gläsern in der Hand.

»Warum *tust* du so, als ob du es nicht möchtest?« fragt sie stichelnd und vorwurfsvoll kokett. »Es *fehlt* dir doch … im Grunde möchtest du zurück, und das weißt du selbst auch!« Sie ist bei ihrem Lieblingsthema angelangt.

»Ich tue überhaupt nicht so. Um Himmels willen, Charley! Du vergißt jedesmal die Tatsache, daß ich mehrmals wieder drüben war, du aber nie. Ich bin absolut bereit zuzugeben, daß es mir bei jedem Besuch besser gefallen hat, ja wirklich, ich halte es im Augenblick für das außerordentlichste Land der Welt, denn es ist ein so herrliches Durcheinander. Dort hat sich alles und nichts verändert! Ich glaube, das habe ich dir noch nicht erzählt: Letztes Jahr im Sommer, als ich mit Jim zusammen drüben war, machten wir eine Fahrt durch die Cotswold Hills. Wir saßen eines Morgens in der Bimmelbahn, die dort noch immer verkehrt, und hielten bei einem winzigen Dörfchen, das ebensogut aus einem Gedicht von Tennyson sein könnte; rundherum verträumte Wiesen, träge Kühe, gurrende Tauben, uralte Ulmen, und dahinter das gutsherrliche Schloß im elisabethanischen Stil. Auf dem Bahnsteig zwei Gepäckträger, die noch genauso aussahen wie Gepäckträger im neunzehnten Jahrhundert ausgesehen haben, nur daß sie Neger aus Trinidad waren. Und der Schaffner an der Sperre war Chinese. Ich wäre vor Lachen fast gestorben, denn das hat dem Ort gerade noch gefehlt. Das war die Krönung.«

»Ich weiß nicht recht, ob mir das so besonders gefallen könnte«, meint Charlotte. Ihr Hang zur Romantik hat einen Stoß bekommen, wie er gleich vermutete. Ja, er hat die ganze Geschichte erzählt, um sie ein bißchen zu ärgern. Doch sie läßt sich nicht beirren. Sie verlangt nach mehr. Sie ist in Stimmung für anregende Tagträume. »Und seid ihr nicht auch noch nach Norden hoch gefahren«, spornt sie ihn weiter an, »um euch dein Geburtshaus anzusehen?«

»Ja.«

»Erzähl doch, wie war's denn?«

»Ach, Charley, ein dutzendmal hab' ich dir das erzählt!«

»Erzähl mir's noch einmal, *bitte,* Geo!«

Sie ist so beharrlich wie ein Kind; und George kann ihr selten widerstehen, vor allem nach ein paar Drinks.

»Du weißt ja, ursprünglich war es ein Bauernhaus. Erbaut im Jahre 1649, dem gleichen Jahr, in dem Charles der Erste enthauptet wurde ...«

»*1649!* Geo, *bedenke* bloß!«

»Ach, in der Umgebung gibt es einige Bauernhöfe, die noch viel älter sind. Natürlich hat es eine ganze Menge Veränderungen durchgemacht. Der jetzige Besitzer, ein Fernsehproduzent aus Manchester, hat es innen völlig umgebaut. Neue Treppen, ein zweites Badezimmer und eine moderne Küche. Kürzlich schrieb er mir, daß sie nun auch Zentralheizung haben.«

»Wie schauderhaft! Gegen das Zerstören schöner alter Häuser sollte man gesetzlich vorgehen. Diese verrückte Mode, alles auf den neuesten Stand zu bringen; ich glaube, darin sind sie von diesem verdammten Land angesteckt worden.«

»Sei doch keine Gans, Charley, Herzblatt. So wie das Haus gewesen ist, war es gänzlich unbewohnbar, denn es ist aus dem dort vorkommenden Stein errichtet, der jedes Tröpfchen Feuchtigkeit aus der Luft ansaugt. Und bei dem gräßlichen Klima dort, sind sogar im Sommer die Wände feucht, und wenn du im Winter in einen Raum kamst, wo das Kaminfeuer nicht mindestens ein paar Tage gebrannt hat, war es kalt wie der Tod. Im Keller roch es wie im Grabe, auf den Büchern setzte sich Schimmel ab, die Tapeten schälten sich von den Wänden und die Bilderrahmen bekamen feuchte Flecken ...«

»Was du auch sagst, mein Lieber, es klingt bei dir immer so wunderbar romantisch, ganz wie in *Wuthering Heights!*«

»Eigentlich hat es fast Vorstadtcharakter angenommen. Du brauchst bloß über einen kurzen Feldweg zu gehen und stehst auf der Chaussee, wo alle zwanzig Minuten Autobusse nach Manchester gehen.«

»Hast du mir nicht erzählt, daß euer Haus am Rande einer Heidelandschaft steht?«

»Ja, das stimmt auch, und das ist das Eigentümliche daran: Es liegt am Rande zweier Welten. Wenn du von hinten hinausschaust, zum Beispiel aus dem Zimmer, wo ich geboren bin, hat sich der Ausblick seit meiner Kindheit buchstäblich nicht verändert. Noch immer sind so gut wie keine Häuser zu sehen, nur die hügelige Heidelandschaft, die Mauern aus Feldsteinen, und in der Ferne ein paar weißgetünchte Bauernhöfe. Und die Bäume rund um den alten Garten sind lange, lange vor meiner Geburt gepflanzt worden, um das Haus gegen die Winde abzuschirmen – da auf dem Bergrücken bläst der Wind ja beständig –, es sind große dicke Buchen, die ein Geräusch machen wie siedendes Wasser, wie Wellen – die ersten Laute, an die ich zurückdenken kann. Heute frage ich mich manchmal, ob hier der Grund für meinen Tick zu suchen ist, daß ich stets nahe am Ozean wohnen wollte ...«

Mit George geht jetzt etwas vor sich: Um Charley zu erfreuen, hat er angefangen zu zaubern, und nun wird er selber vom Zauber gepackt. Er weiß es ganz genau – aber was schadet es? Es macht Spaß und fügt dem Betrunkensein eine weitere Dimension hinzu, solange ihm kein anderer als Charley zuhört. Sie seufzt tief auf vor Sympathie und Entzücken – das Entzücken des Süchtigen, dem ein anderer eingesteht, daß es ihn auch erwischt hat.

»Oben in der Heide, da liegt noch ein kleines Wirthaus, ein altes *Pub*, es ist das letzte Haus im Dorf, eigentlich liegt es schon auf der alten Postkutschenstraße, die heute aber kaum noch einer benutzt. An den Abenden kehrten Jim und ich gewöhnlich dort ein. Es heißt ›The Farmer's Boy‹. Der Schankraum hat eine von diesen niedrig hängenden, ganz verräucherten Holzdecken, weißt du, so mit sperrigen Eichenbalken, und dazu einen gewaltigen offenen Kamin. Und an der Wand hängen ausgestopfte

Fuchsköpfe und ein Kupferstich mit der Königin Viktoria, wie sie auf einem Pony durch die Heide reitet...«

Charlottes Entzücken geht so weit, daß sie vor Wonne in die Hände klatscht. »Geo! Oh, ich sehe alles so deutlich vor mir!«

»Eines Nachts waren wir wieder da, weil Jim Geburtstag hatte, und deshalb hielten sie extra lange geöffnet, das heißt, die Außentür wurde zugemacht, und drinnen in der Schankstube wurde weitergezecht. Ungemein behaglich war es, wir tranken ein *Guinness* nach dem anderen, weit mehr als wir Durst hatten, nur weil es verboten war. Und dann gab es noch Rex, das ›Original‹, so nannte ihn das ganze Dorf, der war eine Art ländlicher Beatnik und ging nur zur Arbeit, wenn er unbedingt mußte. Um Eindruck zu machen, redete er zuerst nur von oben herab mit uns. Zu Jim sagte er: ›Ihr Yankees lebt ja alle in einer Phantasiewelt!‹ Später wurde er dann wesentlich freundlicher, und als wir auf der Landstraße zurück in den Gasthof gingen, wo wir Quartier bezogen hatten, entdeckten Rex und ich, daß wir manches gemeinsam hatten: Beide kannten wir die *Vita Lampada* von Newbolt auswendig, die wir in der Schule gelernt hatten. Und wir grölten zusammen einen Vers nach dem andern in die Nacht hinaus. Für Rex war das der Witz des Jahres, und Jim, der setzte sich in den Straßengraben, beide Hände vor dem Gesicht und...«

»War ihm schlecht geworden?«

»Jim schlecht geworden? Der hat sich noch nie so amüsiert wie dort in England! Ich dachte, ich kriege ihn überhaupt nicht mehr zurück nach Amerika. Weißt du auch, daß er damals mächtig verliebt war? In diese Kneipe natürlich. Er wollte das ganze Haus samt Garten und dem großen Salon im ersten Stockwerk kaufen, und wir sollten es dann bewirtschaften.«

»Was für eine wundervolle Idee! Zu dumm, daß es nicht geklappt hat!«

»Das wäre gar nicht so unmöglich gewesen, wir haben uns erkundigt, wir hätten den Besitzer sogar rumkriegen können, und Jim wäre bestimmt ein ebenso guter Gastwirt geworden, bei seiner Vielseitigkeit, aber natürlich wäre auch eine Menge Amtskram, Lizenzen und Arbeit damit verbunden gewesen... Ach ja, hinterher haben wir so manches Mal darüber gesprochen, wollten sogar in diesem Jahr noch einmal hinfahren und das Ganze...«

»Du meinst, ihr hättet es *tatsächlich* gekauft, um dort ansässig zu werden, wenn Jim ...«

»Wer kann das sagen? Solcherlei Pläne haben wir oft genug geschmiedet, wenn wir auch zu anderen nie darüber sprachen, nicht einmal zu dir. Vielleicht, weil wir innerlich wußten, wie verdreht sie waren. Dabei haben wir doch oft verrückte Sachen gemacht, nicht wahr? Wer weiß, wie alles gekommen wäre ... Aber jetzt, verehrte Charlotte, haben wir beide einen Drink verdient.«

»Für einen Mann ist es anders ...«, hört er Charlotte plötzlich sagen.

(*Was* ist anders? Sollte er einige Sekunden lang eingenickt sein? George schüttelt sich wach.)

»... Dieser Gedanke, weißt du, ist mir immer wieder bei Buddy gekommen. Er hat überall leben können, er konnte ziellos Hunderte von Meilen herumreisen, und dann schlug er plötzlich irgendwo seine Zelte auf und blieb. So haben es doch auch die Pioniere hierzulande gehalten, und das ist noch gar nicht so lange her. Es muß ihm also im Blut gelegen haben. Bloß neuerdings geht das nicht mehr so einfach, denn Debbie würde das nie und nimmer mitmachen. Nein, Hand aufs Herz, ich will nicht niederträchtig sein, aber lange hätte ich's auch nicht mehr mitgemacht. Frauen sind nun mal so. Wir sind fest verwurzelt, wir *können* wohl verpflanzt werden, das aber hat durch einen Mann zu geschehen, und wenn er es einmal getan hat, dann muß er auch bei uns bleiben und verwelken, nein begießen meine ich, ich will sagen: die neuen Wurzeln verwelken, wenn sie nicht begossen werden ...« Die Stimme wird ihr schwer, und sie schüttelt ihren Kopf, wie George es einige Augenblicke vorher getan hat. »Drücke ich mich überhaupt klar aus?«

»Ja, Charley. Du willst mir doch sagen, daß du dich für eine Rückkehr entschieden hast?«

»Heimkehr meinst du!«

»Bist du so sicher, daß es immer noch die Heimat ist?«

»Du meine Güte, ich bin mir gar nicht sicher, aber, Geo, kannst *du* mir vielleicht sagen, was ich hier noch zu tun habe, jetzt, wo Fred mich nicht mehr braucht?«

»Du hast alle deine Freunde hier.«

»Gewiß. Freunde. Und alles liebe Menschen. Die Peabodys besonders, und die Garfeins, Jerry und Flora, und dann Myrna Custer, die ich sehr gern habe. Aber keiner von ihnen *braucht* mich, bei keinem hätte ich ein Schuldgefühl ... Geo, und jetzt sei mal ganz ehrlich: gibt es hier überhaupt *einen* Menschen, irgendein Wesen, dem gegenüber ich mich schuldig fühlen könnte, wenn ich ihn verließe?«

Es gibt doch mich. Nein, das zu sagen, widerstrebt ihm. Diese Art Flirt ist ihrer nicht würdig, auch wenn sie betrunken sind. »Schuldgefühle sind weder ein Grund zum Hierbleiben *noch* zum Weggehen«, erklärt er ihr freundlich, aber bestimmt. »Die Hauptsache ist, daß du weg *willst.* Und wenn du das Bedürfnis hast, solltest du fahren. Andere brauchen dich nicht zu kümmern.«

Charlotte nickt traurig. »Ja, ich glaube, du hast recht.«

George geht in die Küche, macht eine neue Runde fertig. (Sie scheinen die Gläser jetzt rascher auszutrinken. Dies hier soll wirklich das letzte sein.) Als er wiederkommt, sitzt sie mit gefalteten Händen da und starrt vor sich hin. »Ich denke, ich werde zurückgehen, Geo. Der Gedanke ist mir zwar schrecklich, aber ich glaube, mein Entschluß wird immer fester.«

»Was jagt dir Schrecken ein?«

»Insofern ... Da ist zunächst mal Nan.«

»Mit ihr würdest du nicht zusammen leben müssen, oder?«

»Nicht unbedingt müssen, aber ich weiß heute schon, daß es dahin kommen würde.«

»Aber, Charley, ich hatte immer den Eindruck, ihr beide haßt euch.«

»Hassen? Strenggenommen, nicht. Aber das spielt keine Rolle in einer Familie, ich meine, das ist hier nicht das Wesentliche. Dir das zu erklären, Geo, ist schwer, weil du ein richtiges Familienleben außer in frühester Jugend nicht kennengelernt hast ... Nein, hassen ist nicht das richtige Wort, wenn mich auch Nan ziemlich gehaßt hat, als ich Buddy kennenlernte und sie dann herausfand, daß wir zusammen schliefen. Mein Glück war ihr ein Dorn im Auge. Und schließlich *war* Buddy damals ein Traumprinz, der jede Schwester eifersüchtig gemacht hätte. Aber das allein war's nicht. Was ihr nicht paßte, war, daß Buddy ein G. I. war und mich nach Amerika mitnehmen wollte, wohin sie selber so gern geheiratet hätte. Verstehst du? Wie viele Mädchen sehnten sich damals in England danach, bei der Knappheit und der ganzen Lage nach dem Kriege. Doch Nan wäre lieber gestorben, als daß sie so etwas zugegeben hätte. Schon der Wunsch, nach Amerika zu gehen, war für sie Verrat an England. Ich glaube heute noch, sie hätte eher zugegeben, daß sie auf mich und Buddy eifersüchtig war! Ist das nicht lachhaft?«

»Sie weiß natürlich jetzt, daß du und Buddy auseinandergegangen seid?«

»Ja, das mußte ich ihr schon sagen, gleich nachdem es passierte, sonst hätte sie's am Ende auf andere Weise rausgekriegt, und es wäre peinlich geworden. So schrieb ich ihr gleich, und sie hat mir auch gleich darauf geantwortet, ein derartig gemeiner, im stillen triumphierender Brief, mit dem sie sagen wollte, jetzt bleibt dir nichts anderes übrig, jetzt *mußt* du in das Land zurückkehren, aus dem du desertiert bist. Na, ich bin natürlich sofort geplatzt, du kennst mich ja, und schrieb ihr zurück, wie überglücklich ich hier sei und daß ich meinen Fuß nie und nimmer wieder auf diese traurige kleine Insel setzen würde. Hinterher aber, davon habe ich dir nie ein Wort gesagt, weil's mir so peinlich war, hinterher bekam ich dann furchtbare Schuldkomplexe und fing an, Pakete zu schicken: alle möglichen Delikatessen aus den Luxusläden von Beverly Hills, die verschiedensten Käsesorten und Leckerbissen in Flaschen und Dosen. Dabei fiel's mir durchaus nicht leicht, obwohl man nun in diesem sogenannten Lande des Überflusses lebt! Und ich war so dumm, daß ich nicht einmal merkte, wie taktlos ich war. Im Grunde genommen habe ich Nan nämlich nur in die Hände gespielt, sie hat mich die Pakete ruhig schicken lassen und das, was drin war vermutlich auch schmekken lassen, aber dann hat sie mich erst richtig torpediert. Fragte mich, ob wir denn in Amerika noch nicht gehört hätten, daß der Krieg vorbei sei und man schon lange keine Carepakete mehr nach England schicke!«

»Charmante Person!«

»Nein, nein, Geo, im Grunde liebt Nan mich eigentlich, nur will sie, daß ich nach ihrer Pfeife tanze. Sie ist zwei Jahre älter, mußt du wissen, und als wir noch klein waren, bedeutete das viel. Für mich war sie immer so etwas wie ein Wegweiser. Ich meine, sie *führt* irgendwohin. Mit ihr zusammen werde ich nie meinen Weg verlieren ... Weißt du, was ich meine?«

»Nein.«

»Na schön, schadet auch nichts, aber mit der Heimkehr hängt noch etwas anderes zusammen: die Vergangenheit, und die ist wiederum gänzlich mit Nan verknüpft. So ungefähr, als kehrte ich zurück an die Stelle der Straße, von wo ich einmal abgebogen bin ... verstehst du?«

»Nein, das verstehe ich nicht.«

»Aber, Geo – die *Vergangenheit!* Du willst doch nicht behaupten, du wüßtest nicht, was ich damit meine!«

»Was vergangen ist, ist vorbei.«

»Wie *kannst* du bloß so ermüdend sein!«

»Nein, Charley, ich meine es ganz ernst. Das Vergangene ist vorbei. Die Menschen wollen es meistens nur nicht wahrhaben und retten sich in Museen. Aber das ist nicht die Vergangenheit. Schließlich findest du das Vergangene weder in England noch irgendwo anders.«

»Ach, du bist aber wirklich langweilig!«

»Hör mal, warum gehst du nicht besuchsweise rüber? Dann kannst du Nan sehen, wenn du unbedingt willst, aber leg dich um Gottes willen nicht fest.«

»Nein, wenn ich gehe, dann muß es für immer sein.«

»Warum denn *das?*«

»Ich vertrage keine Halbheiten mehr. Diesmal muß ich alle Brücken hinter mir abbrechen. Ich glaubte, das hätte ich schon getan, als ich mit Buddy hier herüberging. Doch diesmal muß ich endlich ...«

»Ach, du liebe Güte!«

»Ich weiß ganz gut, daß ich alles verändert vorfinden werde und daß mir so manches nicht gefallen wird, daß mir die vielen Supermärkte und alle diese zeitsparenden Annehmlichkeiten fehlen werden. Wahrscheinlich werde ich bei dem Klima ständig erkältet sein, und ich rechne auch schon damit, daß du recht behältst, was Nan betrifft und daß ich unglücklich bei ihr sein werde, aber ich kann's doch nicht ändern ... Wenn ich drüben bin, werde ich wenigstens wissen, *wo ich bin.*«

»So viel Masochismus auf einmal ist mir noch nicht zu Ohren gekommen, seit ich auf der Welt bin.«

»Ja, ja, ich weiß, so hört sich's an, und vielleicht *ist* das auch so! Du meinst also, Masochismus ist unsere Art, patriotisch zu sein? Oder meine ich das jetzt andersrum? Ist egal. Herzblatt, wollen wir uns nicht noch einen kleinen gönnen? Laß uns auf den Masochismus von Old England trinken!«

»Ohne mich, Herzblatt. Zeit ins Bett zu gehen.«

»Geo, *du gehst schon!*«

»Ich muß, Charley.«

»Aber wann seh' ich dich mal wieder?«

»Sehr bald, das heißt, wenn du nicht schon heute nacht nach England aufbrichst.«

»Ach, hör auf! Du weißt ganz gut, daß das nicht geht. Bis ich soweit bin, vergehen doch Jahre. Wenn ich allein an das Packen, das Verabschieden und die ganze Anstrengung denke! Vielleicht geh' ich überhaupt nie...«

»Na, wir sprechen noch mal darüber, noch viele Male... Gute Nacht, Charley, Gutes.«

Als er sich vorbeugt, um ihr einen Kuß zu geben, steht sie auf. Beide torkeln und wären beinahe aus dem Gleichgewicht geraten und auf den Fußboden gefallen.

Schwankend hält er sie fest.

»Es würde mir so schwerfallen, dich zu verlassen, Geo.«

»Dann tu's nicht.«

»Schon wie du das sagst! Ich glaube, dir ist es ganz egal, ob ich gehe oder bleibe.«

»Natürlich mach' ich mir was draus.«

»Wahrhaftig?«

»Wahrhaftig.«

»Geo?«

»Ja, Charley?«

»Auch Jim würde es nicht wollen, wenn ich dich hier allein lasse.«

»Dann laß mich nicht allein.«

»Nein, das ist ganz ernst gemeint! Erinnerst du dich noch, wie wir nach San Francisco gefahren sind? Letztes Jahr im September muß es gewesen sein, gleich nachdem ihr aus England zurück wart...«

»Ja, ganz recht.«

»Aus irgendeinem Grund konnte Jim nicht gleich mitkommen

und kam dann am nächsten Tage nachgeflogen. Jedenfalls hat Jim, als du und ich in den Wagen stiegen, etwas zu mir gesagt, was ich nie vergessen werde... Habe ich dir das je erzählt?«

»Ich glaube nicht.« (Sie hat mindestens sechsmal davon gesprochen, immer wenn sie betrunken war.)

»Er hat zu mir gesagt: Ihr beide müßt aufeinander achtgeben.«

»Das hat er gesagt?«

»Ja, das hat er gesagt. Das waren genau seine Worte. Und ich glaube, Geo, damit meinte er nicht bloß achtgeben. Er meinte *mehr*... «

»Was hat er denn gemeint?«

»Es war doch knapp zwei Monate, bevor er nach Ohio fuhr, nicht wahr? Ich glaube also, er hat *achtgeben* gesagt, weil er *wußte*... «

Leicht schwankend, betrachtet sie ihn ernst, aber mit glasigen Augen, wie ein Fisch, der durch all den getrunkenen Alkohol zu ihm aufschaut. »Glaubst *du* das, Geo?«

»Woher sollen wir wissen, was er sich dabei gedacht hat, Charley? Er wollte, daß wir aufeinander achtgeben, das ist sicher.«

George legt ihr seine Hände auf die Schultern. »So, und jetzt wollen wir einander gute Nacht wünschen, nicht wahr?«

»Nein, warte noch...« Sie ist wie ein Kind, das die Bettzeit durch immer neue Fragen aufschieben möchte. »Meinst du, das *Pub* könnte noch immer zu verkaufen sein?«

»Vermutlich. Das wäre eine Idee! Charley, wollen wir es nicht kaufen? Wir könnten uns betrinken und gleichzeitig reich dabei werden. Immer noch besser als mit Nan zusammen leben!«

»Ach, mein Lieber, wie herrlich! Meinst du wirklich, wir *könnten* es kaufen? Nein, du meinst es ja nicht ernst, ich seh's doch. Aber sag' es mir bitte nicht, damit wir weiter Pläne schmieden können, so wie du und Jim. Ich bin überzeugt, das würde ihm gefallen, nicht wahr?«

»Bestimmt... Gute Nacht, Charley.«

»Gute Nacht, Geo, Lieber...« Während sie sich umarmen, küßt sie ihn auf den Mund. Und plötzlich steckt sie ihre Zunge ganz rein. Schon früher hat sie das gemacht, und zwar oft. Das ist einer jener gewagten Versuche unter Alkoholeinfluß, der zumindest theoretisch in einem von zehntausend Fällen eine Beziehung umpolen könnte. Ob die Frauen den Versuch nie aufgeben können? Nein. Weil sie es aber nicht lassen können, lernen sie es, gute Verliererinnen zu werden. Sie unternimmt gar nicht erst den Versuch, sich an ihn zu klammern, als er sich nach einer Höflichkeitspause zurückzieht. Ohne weiteren Widerstand läßt sie ihn gehen. Er küßt sie auf die Stirn, und sie ist wie ein Kind, das sich endlich in sein Bettchen stecken läßt.

»Schlaf gut und tief.«

George dreht sich um, öffnet schwankend die Tür nach draußen, tut einen Schritt und hoppla! – fällt um ein Haar kopfüber die Stufen hinunter, sämtliche Stufen und – nicht auszudenken – viel weiter, zehn, fünfzig, hundert Millionen Fuß tief in die schwarze bodenlose Nacht. Nur sein Griff um die Türklinke rettet ihn.

Er wendet sich um, klopfenden Herzens, um Charlotte anzugrinsen; zum Glück aber ist sie schon irgendwohin verschwunden, hat also seine Eselei nicht mehr mit angesehen. Was wahrhaftig eine glückliche Vorsehung ist, denn *hätte* sie es mit angesehen, hätte sie darauf bestanden, daß er über Nacht geblieben wäre, was zumindest ein derartig spätes Frühstück bedeutet hätte, daß es mit dem Mittagessen zusammengefallen wäre; was weitere Drinks bedeutet hätte; was ein Nachmittagsschläfchen, Abendbrot und wiederum neue Drinks bedeutet hätte... Das alles hat sich schon zugetragen.

Aber diesmal ist er entkommen. Mit der Behutsamkeit eines Einbrechers schließt er die Haustür, läßt sich auf der obersten Stufe nieder, atmet tief durch und gibt sich einem stillen, aber gestrengen Selbstgespräch hin. Du bist betrunken. Du dummes, altes Stück, wie kannst du es wagen, dich so zu betrinken? Nun hör aber gut zu: Jetzt werden wir langsam diese Stufen hinuntersteigen, und wenn wir unten sind, werden wir geradewegs nach Hause, die Treppe hinauf und sofort ins Bett gehen. Sogar ohne uns die Zähne zu putzen. Verstanden? Also los, dann gehen wir...

Schön und gut.

Wie aber erklärt es sich dann, daß George, den Fuß schon auf der Brücke, plötzlich kehrtmacht und mit der Bewegung eines Kindes, das sich von einem Erwachsenen – Cortex, dem alten

Aufpasser – losgerissen hat und lachend die Straße hinunterrennt, dem Ozean entgegen?

Als er die *Camphor Tree Lane* in Richtung *Las Ondas* hinuntertrabt, sieht er hinten an der Biegung der Uferstraße, gegenüber vom Strand, die runden grünen Bullaugenlichter der *Starboard Side*, die ihn einladend anleuchten.

Die *Starboard Side* entstammt noch den ersten Tagen der Künstlerkolonie. Ihre Bar, früher ein Schnellimbiß, versorgte nach der Prohibition die Umgebung mit dem ersten Bier, und der große Spiegel hinter dem Schanktisch wurde bisweilen durch die Anwesenheit von Tom Mix geehrt. Doch die schönsten Zeiten für die Bar kamen später. Dieser Frühsommer 1945! Der Krieg war so gut wie vorbei. Die Verdunkelung nicht mehr als ein Vorwand, um bei einem Krawall kein Licht nach außen dringen zu lassen. Ein Schild über der Bar besagte: »Im Falle eines Volltreffers schließen wir sofort.« Natürlich, das war ironisch gemeint. Immerhin, etwas weiter draußen in der Bucht liegt heute noch unter den Kliffs von *Palos Verdes* ein echtes japanisches U-Boot mit echten toten Japanern, das dort von einer Wasserbombe erwischt wurde, nachdem es zuvor zwei oder gar drei amerikanische Schiffe in Sichtweite der kalifornischen Küste versenkt hatte.

Man schob den Verdunkelungsvorhang beiseite und bahnte sich mit den Ellbogen seinen Weg durch das Gedränge zur Bar, wo man vor Rauch kaum atmen oder sehen konnte. Hier, im kompletten Schutz von Lärm und Gelächter, machte man laut und ungeniert sexuelle Annäherungsversuche. Flirten konnte man, aber raufen nicht; es war nicht einmal genügend Platz da, um jemandem ins Gesicht zu schlagen. Wer das wollte, mußte vor die Tür gehen. Oh, diese verdammten Schlägereien und Kotzereien auf dem Gehsteig! Die weit ausholenden Kinnhaken, die gegen die Kotflügel der geparkten Autos krachenden Schädel! Kesse Väter, die verbissener kämpften als Männer. Das Geheul der Sirenen bei Eintreffen der Polizei; die plötzlichen Razzien der Küstenwache. Mädchen, die im Sturmangriff aus ihren Wohnungen heruntergestürzt kamen, sich einen prächtigen, jungen Betrunkenen schnappten, ihn die Treppe hoch und in Sicherheit brachten, um ihm am nächsten Morgen im Bett das Frühstück zu servieren wie im Märchen. Per Anhalter reisende Rekruten, die an dieser Ecke oft stundenlang, nächtelang, tagelang hängenblieben; und wenn sie endlich ihre Weiterreise antraten, ein blaues Auge, Filzläuse, Tripper und nur eine sehr vage Erinnerung an ihre Gastgeberinnen oder Gastgeber hatten.

Und dann das Kriegsende, die Freigabe von Benzin und die damit verbundene Mode der Wettrennen auf dem Highway nach Malibu, wo einem große schwarze Klumpen von den vulkanisierten Reifen absprangen. Und dann die Strandmonate von 1946. Die magische Verworfenheit jener heißen Nächte, wenn es entlang der Küste von züngelnden Flammen wimmelte, den Wachtfeuern eines riesigen, nackten Barbarenstammes – jede Gruppe, jedes Paar für sich und ohne den andern zu stören, doch alle ein Stück Leben aus dem Stammeslager! – Baden im Dunkel, Fische braten, Tanzen nach Musik aus dem Radio, Beischlaf ohne Scham im Sande. George und Jim (die sich gerade kennengelernt hatten) waren Abend für Abend da draußen, und doch nicht oft genug, um das traurig wilde Begehren zu stillen, das bei der Erinnerung an jenen herrlichen Spätsommer der Lust aufsteigt.

Heutzutage gibt es nur noch wenige Soldaten, die per Anhalter reisen, und wenn, dann sind sie zumeist domestiziert und pendeln zwischen dem Raketenstützpunkt und ihren Eigenheimen und Ehefrauen hin und her. Offene Feuer am Strand sind untersagt, außer an den dafür bestimmten Picknickplätzen, wo man an gemeinsamen Tischen auf Bänken sitzen muß und überhaupt nicht schweinigeln darf. Doch wenn auch vieles geschwunden ist von der alten Herrlichkeit, dieser letzte Häuserblock von *Las Ondas* ist – dank den verfolgten, aber nicht untergehenden Göttern der Liederlichkeit – eine verrufene Gegend geblieben. Anständige Leute gehen dort instinktiv nicht hin. Grundstücksmakler jammern deswegen. Grund und Boden sind hier nicht viel wert. Die Motels sind zwar nagelneu, aber billig gebaut und schon verschmutzt wie Slums; eigentlich sind es Stundenhotels. Auch wenn die verkohlten Überreste jener barbarischen Orgienfeuer längst in den Sand gespült sind, bleibt dieser Küstenstrich weiterhin mit Unrat verschmutzt; immer noch pinseln Schülerbanden in Riesenlettern Schweinereien auf die Strandmauern; und noch immer ist es dort schwieriger, Muscheln zu finden als benutzte Präservative.

Auch Ruhm und Herrlichkeit der *Starboard Side* sind verblaßt; nur ein so alter Stammkunde wie George kann noch einen letzten schwachen Abglanz davon erkennen. Die verstaubten Seetrophäen und die vergilbten Gruppenfotos sind abgehängt. Gleich nach den Festtagen soll das Lokal vollständig renoviert, das heißt entweiht werden, in Erwartung der gesichtslosen Touristenhorden des nächsten Sommers. Eine neue Musikbox steht schon da; und oben an der Wand ist ein neuer Fernseher angebracht worden, damit man sich nur nach rechts zu drehen braucht und mit aufgestütztem Ellbogen wie eine wiederkäuende Kuh auf den Schirm starren kann. Genau dies tun die meisten Kunden gerade, als George eintritt.

Schwankend, aber zielbewußt strebt er auf seinen Stammplatz zu, einem kleinen Tisch in der Ecke, von wo aus der Fernseher unsichtbar bleibt. Am Nebentisch praktizieren zwei ebenfalls nicht hypnotisierte Individualisten, ein älteres Ehepaar, das der Handvoll übriggebliebener Bohemiens angehört, ihre Art von Liebe: ein leicht zänkischer Alkoholismus, der es ihnen ermöglicht, in einer Spielbeziehung wie Kinder zu leben. *Du alte Schachtel, du alter Knacker, du alte Vettel, du alter Sauhund.* Wut ohne Ressentiment, Beschimpfung ohne Gift. So wird es für sie bleiben bis zum Ende ihrer Tage. Hoffen wir, daß sie nie getrennt werden, daß sie in derselben Nacht in ihrem biergetränkten Bett zur gleichen Stunde sterben.

Jetzt mustert George die Gäste an der Bar und fixiert schließlich eine allein sitzende Gestalt nahe dem Eingang. Der junge Mann interessiert sich nicht für's Fernsehen; wirklich, er ist ganz in Anspruch genommen von dem, was er auf der Rückseite eines Briefumschlages niederschreibt. Er lächelt beim Schreiben und reibt mit der Fingerspitze an seiner großen Nase. Es ist Kenny Potter.

Zuerst regt sich George gar nicht, scheint kaum zu reagieren. Aber dann löst sich ein gespanntes Lächeln von seinen Lippen. Er lehnt sich vor und betrachtet Kenny mit dem Entzücken eines Naturforschers, der einen Kardinalsvogel aus der Sierra im Stadtpark auf einem Baum erkannt hat. Eine Minute später erhebt er sich, geht fast sicheren Schritts zur Bar hinüber und schwingt sich neben Kenny auf den Hocker.

»Sieh da...«, sagt er.

Kenny blickt sofort auf, sieht, wer er ist, lacht laut auf, zerknüllt den Umschlag und läßt ihn in hohem Bogen über die Bar in den Abfalleimer fallen. »Hallo, Sir.«

»Warum hast du denn das gemacht?«

»Ach, das war nichts weiter.«

»Ich habe dich beim Schreiben gestört.«

»Nichts Besonderes, nur ein Gedicht.«

»Das nun der Welt verlorengegangen ist.«

»Ich behalt's im Kopf, jetzt wo ich's geschrieben habe.«

»Würdest du es für mich aufsagen?«

Die Frage treibt Kenny in einen Lachkrampf. »Es ist etwas ganz Verrücktes, ein...«, er unterdrückt sein Lachen, »... ein *Haiku!*«

»Was ist denn so komisch an einem Haiku?«

»Ich hätte zuerst die Silben zählen müssen.«

Aber offensichtlich will Kenny sie jetzt nicht zählen. So sagt George: »Hier, in dieser Gegend, hätte ich dich nicht erwartet. Wohnst du nicht drüben auf der anderen Seite der Stadt, in der Nähe vom Campus?«

»Das stimmt schon. Nur daß ich manchmal weit weg davon sein möchte.«

»Aber was für ein Zufall, daß du dir gerade diese Bar ausgesucht hast!«

»Man hat mir erzählt, daß Sie sich oft hier aufhalten.«

»Willst du damit sagen, daß du hergekommen bist, um *mich* zu sehen?« Vielleicht spricht George das ein bißchen zu eifrig aus. Jedenfalls übergeht Kenny die Frage mit einem achselzuckenden Lächeln.

»Wollte doch mal sehen, was das für ein Laden ist.«

»Hier ist nichts mehr los, das war früher anders, aber ich bin so daran gewöhnt, hierher zu kommen, ich wohne nämlich ganz in der Nähe.«

»Camphor Tree Lane?«

»Woher in aller Welt weißt du das?«

»Ist es denn ein Geheimnis?«

»Warum? Natürlich nicht! Hin und wieder besuchen mich Studenten hier draußen, ich meine wegen ihrer Arbeiten...« Im selben Moment wird George klar, wie sehr das nach Verteidigung und schlechtem Gewissen klingt. Hat Kenny es gemerkt?

Er grinst – aber das tut er schon die ganze Zeit über. Reichlich unsicher fügt George hinzu: »Du scheinst über mich und meine Gewohnheiten furchtbar viel zu wissen, bedeutend mehr, als ich über irgend jemand von euch weiß...«

»Über uns gibt's nicht viel zu wissen!« Kenny sieht ihn irritierend herausfordernd an. »Was möchten Sie denn über uns wissen, Sir?«

»Ach, da muß ich erst nachdenken. Laß mir Zeit. Sag mal, was trinkst du denn?«

»Nichts.« Kenny kichert. »Der Kerl hat mich noch nicht mal bemerkt.« Und wirklich, der Barmann ist ganz vertieft in einen Fernseh-Ringkampf.

»Nun, was willst du haben?«

»Was nehmen Sie, Sir?«

»Scotch.«

»Okay«, sagt Kenny in einem Ton, der zu verstehen gibt, daß er ebensogut auch mit Buttermilch einverstanden wäre. George ruft den Barmann (extra laut, damit er sich nicht taub stellen kann) und bestellt. Der Barmann, immer etwas streitsüchtig, verlangt nach Kennys Personalausweis. Während Kenny ihn vorzeigt, sagt George verdrießlich zu dem Barmann: »Glauben Sie wirklich, ich bin so blöde, daß ich einem Minderjährigen alkoholische Getränke ausgebe.«

»Wir müssen kontrollieren«, sagt der Bartender dickfellig wie ein Elefant, dreht ihnen den Rücken zu und geht. George spürt eine flüchtige Welle ohnmächtiger Wut. Man hat ihn lächerlich gemacht – und noch dazu in Gegenwart von Kenny.

Während sie auf die Getränke warten, fragt er: »Wie bist du hergekommen? Mit deinem Wagen?«

»Ich hab' keinen. Lois hat mich gefahren.«

»Wo ist sie denn jetzt?«

»Nach Hause gefahren, nehm' ich an.«

George wittert, daß irgend etwas nicht ganz in Ordnung ist. Aber, was es auch sei, Kenny scheint es nicht weiter zu kümmern. Er fügt unbestimmt hinzu: »Ich dachte mir, ich geh' hier mal ein bißchen spazieren.«

»Aber wie willst du zurückkommen?«

»Ach, das schaffe ich schon.«

(Eine Stimme in George sagt: *Du kannst ihn ja auffordern,*

über Nacht bei dir zu bleiben. Sag ihm, daß du ihn morgen früh wieder zurückfährst. Zum Teufel, für wen hältst du mich eigentlich? fragt George zurück. *Es war ja nur ein Vorschlag,* sagt die Stimme.)

Die Getränke kommen. »Paß mal auf«, sagt George zu Kenny, »wollen wir uns nicht lieber dort drüben an den Tisch in der Ecke setzen? Dieses verdammte Fernsehen lenkt mich ab.«

»Meinetwegen.«

Schade, denkt George, wenn der Junge bloß etwas weniger passiv wäre. Aber das ist wohl zuviel verlangt, man muß sie so nehmen wie sie sind, oder gar nicht. Als sie sich dann mit dem Gesicht gegenübersitzen, meint George: »Ich habe meinen Bleistiftspitzer immer noch«, zieht ihn aus der Tasche und wirft ihn wie zu einem Würfelspiel vor sich auf den Tisch.

Kenny lacht. »Meinen habe ich schon verloren!«

Inzwischen mag eine volle Stunde vergangen sein. Und beide sind betrunken: Kenny leicht, George sehr. Aber George auf angenehme Weise, wie es ihm nicht oft passiert. Er versucht, sich selbst zu erklären, welche Art Trunkenheit es ist. Nun, sehr vereinfacht gesagt, ist es wie bei Plato, ist es ein Dialog. Ein Dialog zwischen zwei Menschen. Ja, aber kein platonischer Dialog im Sinne eines haarspalterischen Streitgesprächs; kein nervtötendes Scheingefecht; keine Debatte um ein aufgesetztes langweiliges Thema. Hier darf über alles gesprochen werden, und man kann den Gesprächsgegenstand nach Belieben wechseln. Wichtig in diesem besonderen Verhältnis ist nicht so sehr das gesprochene Wort wie das Zusammensein. Mit einer Frau kann George sich einen Dialog wie diesen überhaupt nicht vorstellen, denn Frauen können nur in Kategorien des Persönlichen sprechen. Mit einem Mann seines Alters würde das eher gehen – wenn eine bestimmte Polarität vorläge; zum Beispiel, wenn der Partner ein Neger wäre. Irgendwie müssen die Dialogpartner nämlich gegensätzlich sein. Warum eigentlich? Weil ja symbolische Figuren – wie in diesem Falle Jugend und Alter – dargestellt werden müssen. Und warum symbolisch? Weil der Dialog seiner Natur nach unpersönlich ist, eine symbolische Begegnung, in die keine Seite persönlich verwickelt wird. Deshalb läßt sich in einem Dialog absolut alles sagen; selbst das vertraulichste, das tödlichste Geheimnis tritt objektiv als bloße Metapher oder Allegorie auf, die nie persönlich gegen einen verwandt werden kann.

All dies möchte George Kenny klarmachen. Aber das ist so kompliziert, und das Risiko, daß Kenny ihn dann am Ende doch nicht versteht, möchte er nicht eingehen. Mehr als alles andere möchte er erreichen, daß Kenny ihn versteht, daß er begreift, um was es bei diesem Dialog geht. Und tatsächlich, in diesem Moment sieht es so aus, als wüßte Kenny, um was es geht. George fühlt förmlich das elektrische Spannungsfeld, das sie umgibt und erleuchtet. *Er* jedenfalls fühlt sich erleuchtet, und was Kenny betrifft, so sieht er aus wie ein junger Gott. Was Kenny ausstrahlt, ist mehr als Intelligenz oder gekünstelter Charme. George findet, daß Wellen der Sympathie von ihm ausgehen. So sitzen sie sich gegenüber, lächeln sich und – ach, weit mehr als dies – strahlen sich an in gegenseitiger Einsicht.

»Sag etwas«, kommandiert er Kenny.

»Muß ich das?«

»Ja.«

»Was soll ich sagen?«

»Irgend etwas. Etwas, was jetzt wichtig ist.«

»Da haben wir's schon! Ich weiß nämlich nicht, was wichtig ist und was unwichtig ist. Ich habe das Gefühl, daß mein Schädel mit lauter Dingen vollgestopft wird, die nichts bedeuten, ich meine, mir nichts bedeuten.«

»Zum Beispiel?«

»Schauen Sie, und ich meine das nicht persönlich, aber das Zeug, das wir im Unterricht durchnehmen ...«

»Das bedeutet dir nichts?«

»Mein Gott, Sir, ich *sagte* doch, es sei nicht persönlich gemeint! Ihr Unterricht ist ja weitaus besser als der von anderen; das denken wir alle. Sie bemühen sich wirklich, Literatur mit dem zu verbinden, was heutzutage los ist, nur daß wir eben, und das liegt nicht an Ihnen, jedesmal wieder im Sumpf der Vergangenheit steckenbleiben; denken Sie bloß an heute morgen mit diesem Tithonus. Sehen Sie, ich will ja die Vergangenheit nicht einstampfen; vielleicht bedeutet sie mir eine ganze Menge mehr, wenn ich mal älter bin. Was ich sagen will, ist, daß den meisten in meinem Alter die Vergangenheit eben nichts sagt. Und wenn wir darüber sprechen, dann ist das nichts wie Höflichkeit. Ich glaube, es liegt daran, daß wir selbst noch keine eigene Vergangenheit haben, außer dem Zeug, das wir vergessen wollen, wie gewisse Dinge in der High School, und wenn wir uns mal idiotisch aufgeführt haben ...«

»Schön, das kann ich verstehen. Ihr braucht die Vergangenheit nicht, noch nicht. Dafür habt ihr die Gegenwart.«

»Ach, die Gegenwart ist ja langweilig! Ich pfeife auf sie, ich meine die Gegenwart, so wie sie sich jetzt präsentiert, das heute abend ist natürlich eine Ausnahme, was lachen Sie denn, Sir?«

»Heute abend *sí!* – Die Gegenwart – *no!*« verkündet George lautstark. An der Bar drehen sich die Leute um. »Trinken wir auf heute abend!« Schwungvoll nimmt er sein Glas in die Hand.

»Heute abend *sí!*« Kenny lacht und trinkt.

»Okay«, sagt George. »Die Vergangenheit – zwecklos. Die Gegenwart – schlecht. Einverstanden. Aber es gibt da noch etwas anderes, was sich nicht verleugnen läßt: die Zukunft. An sie bist du festgebunden auf Biegen und Brechen. Man kann sie nicht einfach wegniesen.«

»Ich glaube, wir sind auf dem besten Wege dahin! Was bleibt uns denn noch? Viel nicht bei all den Raketen ...«

»Der Tod.«

»Der Tod?«

»Ja, genau der.«

»Bitte, noch einmal, Sir. Da komm' ich nicht mit.«

»Ich meine den Tod. Ich meine, ob du viel über den Tod nachdenkst?«

»Nein, eigentlich kaum. Warum denn das?«

»Die Zukunft – da liegt der Tod.«

»Ach ja. Ja, da mögen Sie recht haben.« Kenny grinst. »Wissen Sie was? Die Generationen vor uns haben wahrscheinlich wesentlich mehr an den Tod gedacht als wir es heute tun. Damit will ich sagen, daß die in meinem Alter früher ganz schön wütend gewesen sein müssen bei dem Gedanken, daß man sie rausschickt in so einen dreckigen Krieg, um abgeknallt zu werden, und ihre Alten sitzen zu Hause und machen auf patriotisch. Heute aber geht das nicht mehr. Diesmal kommen wir alle dran.«

»Ihr könnt immer noch auf uns Ältere wütend sein, wegen

der Jahre, die wir euch voraus haben, bevor wir alle in die Luft gesprengt werden.«

»Ja, ganz recht. Das stimmt. Ich könnte wütend werden. Vielleicht auch auf Sie, Sir.«

»Kenneth ...«

»Sir?«

»Nur so aus rein soziologischem Interesse: Weshalb nennst du mich so hartnäckig Sir?«

Kenny grinst verschmitzt. »Ich kann ja damit aufhören, wenn Sie es wünschen.«

»Ich habe dich nicht gebeten, damit aufzuhören. Ich fragte, warum du es tust.«

»Warum mögen Sie es nicht? Ich glaube fast, keiner von euch hat das gern.«

»Keiner von uns Alten, meinst du?« George lächelt ein Ich-nehm's-nicht-krumm-Lächeln. Nichtsdestotrotz hat er das Gefühl, daß die symbolische Beziehung anfängt, ihm aus der Hand zu gleiten. »Gewöhnlich wollen wir nicht gerne daran erinnert werden ...«

Kenny schüttelt entschieden den Kopf. »Nein.«

»Was heißt nein?«

»Nicht Sie – Sie sind nicht so.«

»Soll das ein Kompliment sein?«

»Möglich. Die Sache hier ist die, ich rede Sie *gern* mit Sir an.«

»So?«

»Diese plumpe Vertraulichkeit heutzutage ist doch nicht echt. Man tut, als gäbe es keinen Unterschied zwischen den Menschen – dasselbe haben Sie heute morgen auch gesagt, als Sie über Minoritäten sprachen. Wenn Sie und ich nicht verschieden wären, was hätten wir uns da gegenseitig noch zu geben? Wie könnten wir je Freunde werden?«

Er *versteht*, denkt George beglückt. »Aber zwei junge Menschen können doch ohne weiteres Freunde sein?«

»Das ist wieder was ganz anderes. Ja, sie *können*, aber eher schlecht als recht. Denn da ist immer die Sache mit der Konkurrenz, die sich ihnen in den Weg stellt. Alle jungen Menschen stehen nämlich irgendwie in Konkurrenz miteinander, wußten Sie das schon?«

»Ja, vermutlich, wenn sie nicht gerade verliebt sind.«

»Auch dann noch unter Umständen. Vielleicht ist das sogar der Punkt, wo's nicht stimmt mit der...« Kenny bricht abrupt ab. George beobachtet ihn in der Hoffnung, etwas Vertrauliches über Lois zu erfahren. Aber es kommt nicht. Unschwer ist zu erkennen, daß Kenny einem ganz andern Gedankengang nachhängt. Eine Weile sitzt er in lächelnder Schweigsamkeit da, und tatsächlich, er errötet! »Was ich jetzt sage, klingt reichlich sentimental, aber...«

»Macht nichts, sag's schon.«

»Manchmal, besonders wenn ich Romane aus der viktorianischen Zeit, die ich sonst gar nicht schätze, lese, wünsche ich mir, ich hätte damals gelebt. Und nur aus einem einzigen Grund... ach, verdammt... ich kann's nicht sagen!« Er bricht ab, lachend und schamrot im Gesicht.

»Hab dich nicht so!«

»Nein, wenn ich das sage, klingt es so sentimental, so ausgeflippt! Also... ich hätte gern zu der Zeit gelebt, wo man seinen Vater noch mit Sir anreden konnte.«

»Lebt dein Vater noch?«

»Klar.«

»Dann kannst du ihn doch so anreden. Manche Söhne tun das, sogar heute noch.«

»Aber nicht meinen Vater. Der ist nicht der Typ dafür. Außerdem ist er gar nicht da. Der ist uns vor ein paar Jahren davongelaufen... Verdammt!«

»Was ist denn los?«

»Wie komm' ich bloß dazu, Ihnen das zu erzählen? Bin ich betrunken? Oder was?«

»Nicht mehr als ich.«

»Ich muß betrunken sein!«

»Paß mal auf, wenn dich das ärgert, vergessen wir, daß du's mir erzählt hast.«

»*Ich* vergesse das nicht.«

»Oh ja, du wirst. Du wirst es vergessen, wenn ich es dir sage.«

»Soll ich?«

»Und wie du sollst.«

»Na gut. Wenn Sie meinen, okay.«

»Okay, *Sir!*«

»Okay – Sir!« Kenny strahlt plötzlich. Er ist endlich zufrieden, so zufrieden, daß ihn seine eigene Zufriedenheit verlegen macht. »Sagen Sie, als ich heute hier herüberkam, das heißt, als ich mir dachte, vielleicht läufst du ihm zufällig über den Weg, da wollte ich Sie was fragen, es fällt mir gerade wieder ein...« Er gießt den Rest aus seinem Glas in einem Zuge hinunter. »Es geht um die Erfahrung. Fortwährend erzählen einem die Menschen: Wenn du mal älter bist, wirst du auch Erfahrung haben; und die soll so viel wert sein. Was halten Sie davon, Sir? Meinen Sie, daß sie tatsächlich von Nutzen ist?«

»Was für Erfahrung?«

»Na ja, ich meine Orte, wo man gewesen ist; Menschen, die einem begegnet sind; Situationen, die man schon mal durchgemacht hat, und dann weiß, wie man sich in Zukunft verhalten muß, überhaupt dieses ganze Zeug, wodurch man angeblich im Alter klug und weise wird.«

»Kenny, ich will dir was sagen, ich kann für andere nicht sprechen, aber ich persönlich bin durch nichts weiser geworden. Selbstverständlich habe ich das eine oder andere durchgemacht, aber wenn es sich wiederholt, bin ich genauso klug wie zuvor. Meiner Meinung nach bin ich immer dümmer und dümmer geworden, und das ist Tatsache.«

»Ohne Scherz, Sir? So können Sie es doch nicht meinen! Dümmer als in Ihrer Jugend?«

»Bedeutend dümmer.«

»Das wirft mich um! Dann ist die Erfahrung überhaupt nichts wert? So, als wäre nichts gewesen?«

»Nein, das will ich nicht sagen. Ich meine nur, sie läßt sich nicht *benutzen.* Aber wenn du es erst gar nicht versuchst, wenn du dir lediglich in Gedanken klarmachst, daß sie da ist und daß du sie hast, dann kann sie wunderbar sein.«

»Jetzt geh'n wir schwimmen«, sagt Kenny unvermittelt, so als sei ihm die ganze Sache über.

»Einverstanden!«

Kenny wirft seinen Kopf in den Nacken und lacht laut und ungestüm.

»Oh, das ist toll!«

»Was ist toll?«

»Das war ein Test. Ich dachte, Sie haben geblufft mit dem Dümmerwerden. Da sagte ich mir, ich werde etwas Verrücktes vorschlagen, und wenn er dagegen ist, wenn er nur zögert, dann weiß ich, daß alles Bluff gewesen ist. Sie nehmen's mir doch nicht krumm, wenn ich Ihnen das sage, Sir?«

»Warum sollte ich?«

»Ach, das ist toll!«

»Also, ich bluffe nicht. Worauf warten wir denn noch? Oder warst *du* es, der geblufft hat?«

Sie springen auf, zahlen, rennen aus der Bar quer über den Highway, und Kenny überspringt mit elegantem Satz das Geländer und steht drei Meter tiefer auf dem Strand. Unterdessen klettert George etwas mühsamer über das Geländer. Kenny schaut ihm von unten zu. Sein Gesicht ist noch immer erhellt, diesmal durch die Lampen der Strandpromenade. »Setzen Sie Ihre Füße auf meine Schultern, Sir.« George tut es, betrunken-vertrauensselig, und Kenny stützt ihn an den Waden und Fußknöcheln ab, um ihn dann mit der Gewandtheit eines Balletttänzers beinahe im selben Moment auf den Sand herabzulassen. Dabei reiben sich ihre Körper kurz aber heftig aneinander. Das elektrische Spannungsfeld ist durchbrochen. Jetzt ist ihre Beziehung nicht mehr symbolisch. Sie drehen sich um und rennen dem Ozean entgegen.

Schon liegen die Lichter weit, weit hinter ihnen, hell, aber ohne Strahlkraft, scheinen sie durch den Hochnebel. Die Brandung vor ihnen ist kaum sichtbar. Ihre Schwärze ist ungeheuer naß und kalt. Unter wildem Kriegsgeschrei reißt sich Kenny die Kleider vom Leibe. Ein letzter Rest Vorsicht in George ist sich der Lichter bewußt und der Möglichkeit von Polizeistreifen, aber er zögert nicht, er ist dazu nicht mehr imstande. Dieser Vorstoß aus der Bar kann nur im Wasser enden. Schwerfällig zieht er sich aus und stolpert über seine Hosenbeine. Kenny hat den entscheidenden Schritt schon getan, splitternackt watet er hinein wie ein furchtloser Krieger eines Eingeborenenstammes, um den Kampf mit der Brandung aufzunehmen. Die Strömung ist sehr kräftig. Eine Weile lang hat George Mühe, gegen den Sog anzukämpfen. Als er endlich Boden unter den Füßen hat, erscheint Kenny wellenreitend aus der Nacht, schießt an ihm vorbei, ohne ihm einen Blick zu gönnen – eine Schöpfung des Wassers in ihrem Element.

Für George sind diese Wellen viel zu hoch. Wahrhaft furchterregend erscheinen sie ihm, wenn sie sich geheimnisvoll und bedrohlich schäumend hochtürmen, Schwärze, die sich aus der Schwärze entrollt, um sich dann mit einem Donnerschlag spritzender Gischt zu überschlagen, in der Funken von Phosphor sprühen. Die Funken sitzen George am ganzen Körper, und er freut sich wie ein Kind über diesen Schmuck. Er lacht, ringt nach Luft, erstickt fast, ist aber zu betrunken, um sich zu ängstigen; das Salzwasser, das er schluckt, berauscht ihn wie Whisky. Ab und zu wirft er einen kurzen, entsetzten Blick auf Kenny, der mit dem Kopf voran wie ein Pfeil in einen Abgrund aus Schaum herabschießt. Dann taumelt George, mit seinem eigenen Ritus der Reinigung beschäftigt, erneut voran, um mit weit ausgebreiteten Armen die atemberaubende Wellentaufe zu empfangen. Indem er sich ihr gänzlich hingibt, spült er Gedanken, Worte, Stimmungen, Verlangen, ganze Regionen und Lebensbereiche von sich ab. Wieder und wieder tut er es und wird so immer sauberer, freier, weniger. Er ist vollkommen glücklich mit sich selber; genug zu wissen, daß Kenny und er die einzigen Teilhaber am Element sind. Die Wellen und die Nacht und das Tosen existieren nur für sie beide. Dabei glänzen kaum hundert Meter entfernt die Lichter der Küste, und über den Highway flitzen die Autos hin und her mit grell blendenden Scheinwerfern. Und weiter oben auf den dunklen Hügeln sind Lampen in den Fenstern trockener Heime zu sehen, wo die Trockenen trocken in ihre trockenen Betten kriechen. Kenny und George aber sind dieser Trockenheit entflohen; sie haben die Grenze zur Wasserwelt überschritten und ihre Kleider als Zoll hinterlegt.

Plötzlich kommt jetzt eine große, eine apokalyptisch große Woge auf George zu, und er, weit draußen und fast ohne Grund unter den Füßen, steht nackt und winzig vor ihrer Gegenwart, unter dem Rande ihres tosenden Umbruchs und der sich türmenden Bedrohung ihres Einsturzes. Er versucht hindurchzutauchen – sogar in diesem Moment spürt er keine Furcht –, wird aber gepackt, festgehalten und gedreht und gedreht und gedreht, und gegen eine Wand gestoßen, die entweder oben oder unten oder seitlich sein mag – er jedenfalls kann es nicht mehr unterscheiden.

Steifbeinig schleppt Kenny ihn jetzt raus. Kennys Hände sind unter seinen Achselhöhlen, und er lacht und spricht auf ihn ein wie ein Kindermädchen: »Nun ist's aber genug!« Und George, immer noch im Wasserrausch, keucht: »Mir geht's gut« und will sofort wieder rein. Doch Kenny sagt: »*Mir* aber nicht – ich friere« und trocknet ihn wie ein Kindermädchen mit seinem eigenen Hemd, nicht dem von George, ab, bis George Einhalt gebietet, weil sein Rücken wund ist. So überzeugend ist das Kindermädchen-Verhältnis in diesem Augenblick, daß George das Gefühl hat, er könnte sich auf der Stelle zusammenrollen und einschlafen, wie ein kleines Kind, geschützt von Kennys Größe. Kennys Körper scheint ins Riesenhafte gewachsen zu sein, seit sie das Wasser verlassen haben. Alles an ihm ist überlebensgroß: die weißen Zähne beim Lachen, die breiten, tropfenden Schultern, der schmale hohe Torso mit dem schwer herunterhängenden Geschlecht, und die langen Beine, die jetzt vor Kälte zu zittern anfangen.

»Können wir zu Ihnen gehen, Sir?« fragt Kenny.

»Sicher. Wohin denn sonst?«

»Wohin denn sonst?« wiederholt Kenny, dem dieser Satz anscheinend Spaß macht. Er hebt seine Kleidung auf und dreht sich splitternackt dem Highway und den Lichtern zu.

»Bist du verrückt?« schimpft George hinter ihm.

»Was ist denn dabei?« Kenny blickt um sich und grinst.

»*So* willst du nach Hause gehen? Bist du verrückt? Die Leute werden die Polizei holen!«

Kenny zuckt unbekümmert mit den Schultern.

»Hier sieht uns kein Mensch. Wir sind unsichtbar, wußten Sie das noch nicht?«

Aber jetzt steigt er in seine Kleider, und George tut es gleichfalls. Als sie sich über den Strand in Bewegung setzen, legt Kenny seinen Arm um Georges Schulter. »Sir, wissen Sie was? Eigentlich sollte man Sie überhaupt nicht allein rauslassen. Sie könnten nämlich mal in wirkliche Schwierigkeiten geraten.«

Ihr Fußmarsch nach Hause ernüchtert George ziemlich. Als sie das Haus erreicht haben, sieht er sie beide nicht mehr als wilde Wassergeschöpfe, sondern als einen älteren Professor mit nassen Haaren, der mitten in der Nacht einen unwahrscheinlich durchnäßten Studenten zu sich nach Hause mitbringt. George wird selbstbewußt und beinahe barsch. »Das Badezimmer ist oben. Frische Handtücher liegen im Wandschrank.«

Kenny stellt sich sofort auf die Förmlichkeit ein und wirkt ihr entgegen. »Nehmen Sie nicht auch eine Dusche, Sir?« fragt er in respektvollem, leicht enttäuschtem Ton.

»Das kann ich später immer noch machen. Ich wünschte nur, ich hätte ein paar Kleidungsstücke deiner Größe zum Anziehen für dich. Du wirst dich in eine Decke einschlagen müssen, während wir deine Sachen auf der Heizung trocknen. Ein etwas langsamer Prozeß, fürchte ich, aber das einzige, was wir machen können.«

»Schauen Sie, Sir, ich will Ihnen hier nicht zur Last fallen. Weshalb kann ich nicht gleich gehen?«

»Sei kein Dummkopf. Du wirst dir eine Lungenentzündung holen.«

»Meine Sachen trocknen auch, wenn ich sie anhabe. Das geht schon in Ordnung.«

»Unsinn! Komm jetzt rauf, und ich zeige dir, wo alles ist.«

Die Weigerung, ihn weggehen zu lassen, scheint Kenny zu behagen. Jedenfalls veranstaltet er unter der Dusche einen Höllenlärm, nicht so sehr durch sein Singen, sondern durch laute Freudenschreie. Womöglich weckt er die Nachbarn auf, denkt George, aber wen schert's? Seine Lebensgeister regen sich wieder; er ist angeregt, belustigt, lebendig. Rasch zieht er sich aus in seinem Schlafzimmer, schlüpft in seinen dicken weißen Frotteebademantel, eilt wieder nach unten, setzt den Wasserkessel auf und bereitet einige Sandwiches mit Thunfisch und Tomate auf Schwarzbrot zu. Alles steht fertig und bereit auf einem Tablett im Wohnzimmer, als Kenny herunterkommt, die Decke um sich geschlungen, als sei er von einem sinkenden Schiff gerettet worden.

Kenny will weder Tee noch Kaffee haben; Bier sei ihm lieber, meint er. Also holt George für ihn eine Büchse aus dem Eisschrank und gießt sich dabei dummerweise einen doppelten Scotch ein. Bei seiner Wiederkehr findet er Kenny vor, wie er sich nach allen Seiten umschaut, als ob er von dem Zimmer bezaubert wäre.

»Sie leben hier ganz allein, Sir?«

»Ja«, sagt George, um dann mit einem Unterton von Ironie hinzuzufügen: »Überrascht dich das so?«

»Nein, ich hab' schon so was gehört.«

»Ursprünglich habe ich dieses Haus mit einem Freund geteilt.«

Aber Kenny zeigt kein Interesse an dem Freund. »Und nicht einmal eine Katze oder einen Hund oder so etwas haben Sie?«

»Sollte ich das?« fragt George leicht aggressiv. Der arme alte Bursche hat nichts, was er lieben kann, denkt Kenny jetzt wahrscheinlich.

»Nein, ganz und gar nicht! Hat nicht schon Baudelaire festgestellt, daß Haustiere leicht zu Dämonen werden können, die einen vollkommen beherrschen?«

»Ja, so ungefähr. Trotzdem, dieser Freund hielt alle möglichen Tiere hier, ohne daß sie *uns* beherrscht hätten. Wenn man allein ist, mag das natürlich anders sein. Wir haben uns oft gesagt, daß keiner die Tiere behalten will, wenn der andere nicht mehr da ist.«

Nein, Kenny ist absolut nicht neugierig, mehr darüber zu hören. Er konzentriert sich lieber darauf, einen mächtigen Bissen von seinem Sandwich abzubeißen. Also fragt George: »Schmeckt's?«

»Und ob!« Mit vollen Backen grinst er George an, schluckt und fügt hinzu: »Wissen Sie was, Sir? Ich glaube, Sie haben das Geheimnis des vollkommenen Lebens entdeckt!«

»So, habe ich das?« George hat seinen Scotch hastig hinuntergekippt, um die Gefühlswallung zu ertränken, die in ihm aufstieg, als er über Jim und die Tiere sprach. Jetzt fühlt er den Alkohol im Sturm über sich kommen, was zwar anregend ist, aber viel zu plötzlich geschieht.

»Sie wissen gar nicht, wie viele in meinem Alter sich nach so einem Nest hier sehnen. Ich meine, was können Sie sich noch mehr wünschen? Sie brauchen auf keinen anderen zu hören, Sie können jeden Blödsinn anstellen, der Ihnen in den Kopf kommt.«

»Ist das deine Vorstellung von einem vollkommenen Leben?«

»Bestimmt!«

»Ehrlich?«

»Was ist denn dabei, Sir? Glauben Sie mir etwa nicht?«

»Was ich dabei nicht ganz verstehe, wenn dir so daran gelegen ist, allein zu leben, wie fügt sich da Lois ein?«

»Lois? Was hat sie damit zu tun?«

»Kenny, paß mal auf, ich möchte ja nicht neugierig sein, aber ich habe den Eindruck gewonnen, zu Recht oder zu Unrecht, daß ihr beide daran denkt, euch na ja...«

»Zu verheiraten? Nein, das ist aus.«

»So?«

»Sie sagt, einen Angehörigen der weißen Rasse heiratet sie nicht. Sie kann die Menschen in Amerika nicht ernst nehmen. Sie meint, nichts von alledem, was hier geschieht, *bedeutet* etwas. Sie will zurück nach Japan gehen und unterrichten.«

»Ist sie nicht amerikanischer Staatsbürger?«

»Natürlich. Sie ist hier geboren. Trotzdem hat man sie und ihre ganze Familie in eins von diesen Internierungslagern gebracht, gleich nachdem der Krieg mit Japan anfing. Ihr Vater hat sein Geschäft für einen Pappenstiel an irgendwelche Gauner verkaufen müssen, die damals massenweise japanischen Besitz an sich rissen und tönten, daß Pearl Habour gerächt werden muß. Lois war zwar noch ein Kind damals, aber das zu vergessen, kann man wohl von niemandem erwarten. Sie sagt, man hätte sie alle behandelt wie feindliche Ausländer, und niemand hat sich darum gekümmert, auf wessen Seite sie gestanden haben. Die einzigen, die sie anständig behandelt haben, sagt sie, wären die Neger gewesen. Und die paar Pazifisten. Sie hätte, weiß Gott, das Recht, uns zu hassen! Aber davon ist sie weit entfernt, sie scheint den Dingen immer noch eine komische Seite abzugewinnen.«

»Und wie stehst du zu ihr?«

»Ach, ich mag sie sehr.«

»Und sie mag dich, nicht wahr?«

»Ich glaub' schon, ja, mächtig.«

»Aber du *möchtest* sie doch heiraten?«

»Sicher, das denk' ich schon. Wenn sie bloß ihre Einstellung ändern würde. Aber ich bezweifle, daß sie's überhaupt will, und ich habe sowieso keine Eile mit dem Heiraten. Zuerst will ich noch eine ganze Menge andere Sachen unternehmen...«

Kenny hält inne und sieht George mit einem besonders herausfordernd eindringlichen Grinsen an. »Wissen Sie, was ich denke, Sir?«

»Na, was denkst du denn?«

»Ich glaube nicht daran, daß es Sie so sehr interessiert, ob ich Lois nun heirate oder nicht. Ich denke mir, sie möchten mich nach etwas ganz anderem fragen. Sie sind sich nur nicht sicher, wie ich's aufnehme.«

»Was will ich denn fragen?«

Beide benehmen sich immer koketter. Kennys Decke ist unter dem entspannenden Einfluß des Bieres und der Unterhaltung verrutscht, sie hat einen Arm und eine Schulter entblößt und sich in ein altgriechisches Gewand, eine Toga, verwandelt, die nun von einem jungen Schüler, sicher dem Lieblingsjünger irgendeines Philosophen, getragen wird. In diesem Augenblick sieht er ganz entzückend aus.

»Sie möchten gern wissen, ob ich und Lois... ob wir's miteinander treiben.«

»Na, tut ihr's denn?«

Kenny lacht triumphierend. »Also habe ich doch recht gehabt!«

»Vielleicht, vielleicht auch nicht... Habt ihr's nun getan?«

»Ja, einmal haben wir.«

»Warum nur einmal?«

»Das ist noch gar nicht lange her, wir fuhren zu einem Motel unten an der Küste. Übrigens ganz in der Nähe von hier...«

»Deshalb bist du heute abend hier herübergekommen?«

»Ja, teils, teils. Ich wollte sie überreden, wieder mit mir dorthin zu gehen.«

»Und darüber habt ihr euch gestritten?«

»Wer sagt denn, daß wir Streit hatten?«

»Ich denke, du hast sie allein nach Hause fahren lassen?«

»Ach so, das kam... Sie haben schon recht, das kam, weil sie nicht wollte. Dieses Motel hat ihr nicht gefallen, was man ihr auch gar nicht übelnehmen kann. Der Mann an der Rezeption und die Formulare, dieses ganze Brimborium, das man über sich ergehen lassen muß. Die wissen natürlich ganz genau, was los ist... Das alles macht die Sache zu wichtig und beladen, als wenn es sich um eine Todsünde handelte. Schon die Art, wie sie einen ansehen. Mädchen nehmen sich das noch mehr zu Herzen als wir.«

»Und nun hat sie für immer Schluß gemacht?«

»Nicht doch! So schlimm ist es nicht. Sie ist gar nicht dagegen, verstehen Sie? Nicht aus Prinzip. Letztlich ist sie nämlich... na ja, wir werden schon eine Lösung finden. Man muß eben abwarten...«

»Du meinst, es läßt sich irgendwo ein Ort finden, der weniger öffentlich und unerfreulich ist?«

»So etwas wäre bestimmt eine große Hilfe.« Kenny grinst, gähnt und räkelt sich. Jetzt rutscht ihm die Toga auch noch von der anderen Schulter. Er zieht sie hoch über beide Schultern, während er sich erhebt, und damit verwandelt er sie wieder in eine Decke und sich in einen schlaksigen amerikanischen Burschen aus dem zwanzigsten Jahrhundert, der sonderbarerweise ohne Kleidung gestrandet ist. »Es ist höllisch spät geworden, Sir, ich muß jetzt gehen.«

»Wohin, wenn ich fragen darf?«

»Zurück auf die andere Seite der Stadt, wohin denn sonst?«

»Womit denn?«

»Ich kann ja einen Bus nehmen.«

»Die fahren frühestens in zwei Stunden.«

»Macht nichts...«

»Weshalb bleibst du nicht hier? Ich fahre dich morgen früh rüber.«

»Nein wirklich, ich glaube nicht...«

»Wenn du jetzt, wo alle Lokale geschlossen sind, im Dunkeln in der Gegend herumläufst, wird dich die Polizei aufgreifen. Ganz nüchtern bist du auch nicht mehr, wenn ich das sagen darf. Vielleicht sperren sie dich sogar ein.«

»Ehrlich gesagt, Sir, das würde mir ganz recht geschehen.«

»Mir scheint, du bist nicht ganz bei Trost. Doch darüber sprechen wir später, jetzt setz dich zuerst hin. Ich habe dir was zu sagen.«

Kenny setzt sich gehorsam hin, ohne weitere Proteste. Wahrscheinlich ist er neugierig, wie der nächste Schachzug von George aussieht.

»Und nun hör gut zu. Ich möchte dir jetzt etwas erklären. Ein Kommentar von deiner Seite ist nicht erforderlich. Wenn du willst, kannst du tun, als ginge dich das Ganze überhaupt nichts an. Ist das klar?«

»Ja, Sir.«

»Hier in der Nähe wohnt eine Frau, die ich kenne, eine sehr nahe Freundin von mir. Mindestens einmal in der Woche essen wir zusammen zu Abend, erst heute war ich wieder zum Essen bei ihr. Nun, ihr macht es nichts aus, welchen Tag ich mir dazu aussuche. Was ich also beschlossen habe, ist dies, und das braucht gar nichts mit dir zu tun zu haben, nicht unbedingt jedenfalls: Von nun an werde ich jede Woche am gleichen Abend bei ihr essen. *Immer am gleichen Abend.* Das heißt heute. Ist das soweit klar? Nein, keine Antwort. Hör erst, was ich noch zu sagen habe, denn jetzt kommt die Hauptsache. An den Abenden, wenn ich bei meiner Freundin zum Essen bin, *werde ich nie und unter keinen Umständen* vor Mitternacht zurück sein. Ist das klar? Nein, paß auf! Dieses Haus wird nie abgeschlossen, weil jeder, der einbrechen will, ohnehin nur ein Stück aus der Glasfüllung der Tür einzuschlagen braucht. Oben in meinem Arbeitszimmer steht eine Bettcouch, wie du bemerkt haben wirst. Sie ist stets mit frischer Bettwäsche bezogen für den Fall der Fälle, daß ich einen unerwarteten Gast bekomme, wie zum Beispiel dich heute abend ... Nun, paß auf. Sollte das Bett während meiner Abwesenheit benutzt und hinterher wieder zugeklappt werden, würde ich es nicht einmal merken. Und wenn es meine Reinemachefrau bemerken sollte, würde sie stillschweigend die Bettwäsche wechseln und annehmen, ich hätte einen Gast gehabt und nur vergessen, es ihr zu sagen ... Das also wäre mein Entschluß, und ich habe ihn dir jetzt mitgeteilt. Ebensogut könnte ich dir erzählt haben, daß ich von nun an jede Woche an einem bestimmten Tag meinen Garten gießen werde. Gleichzeitig habe ich dir etwas über dieses Haus mitgeteilt. Du kannst es dir merken, oder du kannst es vergessen. Das ist alles.«

George sieht Kenny offenherzig an. Kenny lächelt schwach zurück. Aber ein bißchen verlegen ist er doch.

»Und nun geh und hol mir einen neuen Scotch.«

»Okay, Sir.« Kenny erhebt sich mit merklichem Eifer, als sei er froh, daß die Spannung gebrochen ist. Er nimmt Georges Glas und geht in die Küche.

»Und mach dir selber auch einen!« ruft George ihm hinterher. Grinsend steckt Kenny seinen Kopf um die Ecke. »Soll das ein Befehl sein, Sir?«

»Genau das ist es!«

»Jetzt hältst du mich sicher für einen geilen alten Bock?«

Während Kenny aus der Küche die Getränke holt, spürt George, daß er selber in ein neues Stadium eintritt. Und jetzt, da Kenny sich wieder gesetzt hat, befindet er sich, auch wenn er es noch nicht erkannt haben kann, einem umgekrempelten George gegenüber; einem furchteinflößenden George, der seine Meinung schwerzüngig, aber deutlich zum Ausdruck bringt, und hinter dessen Worten eine Drohung steckt. Ein inquisitorischer George auf dem Richterstuhl kurz vor der Urteilsverkündung. Ein geheimnisvoller George, der gleich mit Engelszungen reden wird.

Mit ihrer Trunkenheit in der *Starboard Side* hat das nichts mehr zu tun. Kenny und er stehen nicht mehr in einem symbolischen Dialog, diese neue Ebene in ihrer Beziehung trägt sehr stark persönliche Züge. Und trotzdem scheint Kenny paradoxerweise weiter entrückt, nicht näher zu sein; denkbar weit zurückgewichen hinter die Grenzen des elektrischen Spannungsfeldes. Nur dann und wann vermag ihn George deutlich vor sich zu sehen, denn das Zimmer ist strahlend hell geworden, und Kennys Gesicht verblaßt in der Helligkeit immer mehr. Dazu kommt ein auffallendes Sausen in Georges Ohren, so laut, daß er nicht mit Bestimmtheit sagen könnte, ob Kenny auf seine Frage antwortet oder nicht.

»Du brauchst gar nichts zu sagen«, sagt George (auf diese Weise gleich jede Möglichkeit einbeziehend), »ich gebe zu, natürlich gebe ich es zu, verdammt nochmal, ich *bin* ein geiler alter Bock. Neunundneunzig Prozent aller alten Männer sind geil, wenn wir schon in dieser Sprache miteinander reden wollen, und du auf dieses anödende Thema unbedingt Wert legst. Ich verwahre mich nicht dagegen, wie du mich nennst oder nicht nennst; ich protestiere hier gegen eine bestimmte Einstellung, und zwar nicht um meinetwillen, sondern um deinetwillen...

Paß auf, es sieht ohnehin schlimm genug aus heutzutage, wir stehen semantisch und in jeder Hinsicht in einer derartigen Sackgasse, daß wir's weiß Gott nicht nötig haben, uns in öden Kategorien zu verstricken. Ich meine, wozu ist unser Leben *da?* Um uns gegenseitig durch Kataloge zu identifizieren, wie Besucher in einem Museum? Oder sollen wir es nicht wenigstens *versuchen,* untereinander Signale auszutauschen, und mögen sie noch so verstümmelt sein, ehe es überhaupt zu spät ist? *Das* sollst *du* mir mal beantworten!

Für euch junge Dinger ist alles so schön und einfach, wenn ihr auf dem Campus zu mir kommt und erklärt, ich sei ein schlauer Fuchs. Barmherziger Gott – *ein schlauer Fuchs!* Fällt Euch denn nichts Besseres ein? Habt ihr denn keinen Schimmer, wie mir zumute ist, wie ich mich nach einer Aussprache sehne?

Du hast mich gefragt, was Erfahrung ist. Und ich habe dir meine Antwort gegeben. Erfahrung ist zu nichts *nutz.* Aber sie *könnte* es sein, in einer ganz anderen Form, wenn wir nur nicht alle so elende Narren und Feiglinge wären und so spröde sein würden. Ja, auch du, mein Junge. Laß dir's nur nicht einfallen, es abzuleugnen. Was ich dir gerade erklärt habe, über das Bett im Arbeitszimmer – das hat dich schockiert. Du wolltest dich schockieren lassen. Du *wolltest* meine Beweggründe nicht verstehen. Mein Gott, begreifst du denn nicht? Dieses Bett, was dieses Bett *bedeutet,* da liegt deine Erfahrung!

Aber ich nehm's dir gar nicht übel. Es wäre ja auch ein Wunder, *wenn* du das kapiert hättest. Mach dir also nichts draus, vergiß es. Hier bin ich. Und du bist da – in deiner verdammten Decke. Warum um Himmels willen nimmst du sie nicht ab? Was veranlaßt mich überhaupt, dir das zu sagen? Vermutlich mißverstehst du auch das? Und wenn schon, mir soll's gleich sein. Der springende Punkt ist, daß ich hier bin und du auch, und uns ausnahmsweise keiner stört. Das wird vielleicht nie wieder vorkommen, buchstäblich nie wieder! Denn unsere Zeit ist verzweifelt kurz bemessen. Also legen wir die Karten offen auf den Tisch. Warum bist du hier, zu dieser Zeit und in diesem Zimmer? *Weil du etwas von mir wissen willst!* Hier liegt der wahre Grund, warum du den Weg quer durch die Stadt unternommen hast. Du hast vielleicht ehrlich geglaubt, es war, um Lois ins Bett zu kriegen. Gib acht, ich sage kein Wort gegen sie; sie ist wahrlich ein schöner Engel. Aber einem geilen alten Bock kannst du nichts vormachen; der ist junger Liebe gegenüber unsentimental; der weiß, was sie wert ist: nämlich sehr viel, aber nicht alles. Nein, mein lieber Kenneth, ob du es nun wahrhaben willst oder nicht: du bist hierher gekommen, um *mich* zu besuchen. Etwas in dir wußte nämlich ganz gut, daß Lois sich weigern würde, noch einmal in dieses Motel zu gehen, und daß du dann einen Vorwand haben würdest, um sie nach Hause zu schicken, damit du hier stranden konntest. Ich denke, daß das arme Mädchen sich über alles entsetzliche Gedanken macht und daß sie jetzt in ihre Kissen weint. Du mußt sehr lieb zu ihr sein, wenn du sie wiedersiehst...

Aber ich komme vom Punkt ab. Der springende Punkt ist, daß du hergekommen bist, um mich über etwas zu befragen, was tatsächlich wichtig *ist.* Also warum beschämt tun und leugnen? Sieh mal, ich kenne dich durch und durch, ich weiß *genau,* was du willst. Ich soll dir erzählen, *was ich weiß.*

Ach Kenneth, Kenneth, glaube mir, es gibt nichts, was ich lieber täte! *Höllisch gern* möchte ich dir alles sagen – aber ich kann nicht, kann buchstäblich nicht. Siehst du das denn nicht: *Was ich weiß, ist das, was ich bin.* Und das kann ich dir nicht sagen. Das mußt du selber rausfinden. Ich bin wie ein Buch, das du lesen mußt. Und ein Buch liest dir nichts vor, es weiß ja auch nicht, was in ihm steht. Und ich weiß nicht, was in mir steht.

Du könntest wissen, was in mir steht. Du könntest. Aber du willst dich nicht damit beschäftigen. Schau, du bist der einzige Junge vom Campus, von dem ich wirklich glaube, daß er es wissen könnte. Und das macht die Sache tragischerweise so unzulänglich. Statt daß du dich bemühst zu begreifen, begehst du die unentschuldbare Trivialität und sagst ›Er ist ein geiler alter Bock‹, und machst damit aus diesem Abend, dem vielleicht kostbarsten und unvergeßlichsten in deinem jungen Leben, einen spielerischen *Flirt.* Dieses Wort paßt dir nicht, nicht wahr? Aber es ist das einzig passende. Darin liegt die ungeheure Tragödie heutzutage. Flirten statt Ficken – wenn ich das so deutlich sagen darf. Alles, was ihr heutzutage fertigbringt, ist, daß ihr flirtet, daß ihr eure Decken mit entblößter Schulter tragt, daß ihr euch über Motels beklagt. Und dabei versäumt ihr das Eine, und Kenneth, das sage ich nicht zufällig, was unter Umständen tatsächlich *euer gesamtes Leben verändert...* «

Einen Augenblick ist das Gesicht von Kenny ganz deutlich da, es grinst und strahlt. Dann löst sich das Grinsen auf, seine Strahlen brechen sich, oder wie man es sonst bezeichnen will, in lauter Regenbogen aus Licht. Die Regenbogen leuchten. George ist geblendet. Er schließt die Augen. Und nun ist das Sausen in den Ohren wie das Brausen der Niagarafälle.

Ungefähr eine halbe Stunde später – jedenfalls nicht sehr lange danach – blinzelt George und ist wach.

Immer noch Nacht. Dunkel. Warm. Bett. *Bin im Bett!* Er schnellt hoch, gestützt auf seine Ellbogen. Knipst die Nachttischlampe an. Seine Hand tut es; Arm im Ärmel; Pyjamaärmel. *Bin im Schlafanzug!* Weshalb? Wieso?

Wo ist er?

George wälzt sich aus dem Bett, schwindlig, ein bißchen unwohl, hellwach alarmiert und will ins Vorderzimmer torkeln. Nein – halt. Hier ist ja ein Zettel an die Lampe geklebt:

Dachte mir nach allem, es ist besser, wenn ich mich aus dem Staube mache. Laufe gern nachts umher. Wenn mich die Bullen aufgreifen, sage ich kein Wort, wo ich gewesen bin – das kann ich Ihnen versprechen! Auch wenn sie mir die Arme ausrenken!

Heute abend – das war großartig. Das machen wir bald wieder – oder glauben Sie nicht an Wiederholungen?

Konnte Ihren Pyjama nicht finden. Habe deshalb aus dem Schrank einen frischen genommen. Vielleicht schlafen Sie ganz ohne? Aber darauf wollte ich's nicht ankommen lassen. Kann's doch nicht verantworten, wenn Sie sich eine Lungenentzündung holen.

Dank für alles.
KENNETH

George sitzt auf dem Bett und liest. Dann läßt er das Papier, leicht ungeduldig wie ein General, der eine unwichtige Depesche überflogen hat, auf den Fußboden gleiten, steht auf, geht ins Badezimmer, entleert seine Blase, schaut nicht in den Spiegel, schaltet nicht einmal das Licht ein, geht wieder ins Bett, knipst die Lampe aus.

Kleiner Racker, sagt eine innere Stimme, doch ohne den geringsten Groll, bist eben nicht hier geblieben.

Aber irgend etwas hält ihn vom Schlafen ab, während er im Dunkeln liegt: ein Kitzeln im Blut und in den Nerven der Leistengegend. Da unten zwickt der Alkohol in ihm.

Während er so daliegt, sieht er Kenny und Lois, läßt sie in ihrem Wagen zur *Camphor Tree Lane* fahren, etwas weiter weg parken, falls jemand von der Nachbarschaft sie beobachtet, läßt sie dann heimlich über die Brücke eilen, die Haustür aufmachen – sie klemmt und Lois kichert – gegen die Möbel im Wohnzimmer stoßen – ein kurzer japanischer Angstschrei – auf Zehenspitzen die Treppe hochgehen, ohne Licht zu machen ...

Nein – es will nicht funktionieren. George versucht es mehrere Male, aber er bekommt Lois nicht die Stufen hoch. Jedesmal, wenn er sie in Bewegung setzt, verschwindet sie. (Jetzt weiß er auch mit absoluter Gewißheit, daß Kenny es nie fertigbrächte, sie auch nur zum Betreten dieses Hauses zu überreden.)

Aber nun hat das Spiel einmal begonnen, und George will nicht aufhören. Kenny muß mit einem Partner versehen werden. Also verwandelt George Lois in die kleine sinnliche Goldkatze, den mexikanischen Tennisspieler. *Ihn* die Treppe hinaufzubekommen, ist kein Problem! Er und Kenny halten sich zusammen im Vorderzimmer auf. George hört einen Gürtel zu Boden fallen. Die beiden sind schon dabei, sich gegenseitig auszuziehen.

Das Blut pocht dunkel in Georges Leisten. Das Fleisch regt sich und schwillt an. Plötzlich ist es hart und heiß. Die Pyjamahose wird abgestreift und aus dem Bett geschleudert.

George hört, wie Kenny dem Mexikaner zuflüstert: *Komm, Kleiner!* Er macht sich unsichtbar und betritt das Vorderzimmer. Er sieht, wie die beiden sich zusammen hinlegen ...

Nein, so geht's auch nicht. Kennys Einstellung mißfällt George. Er nimmt sein Verlangen nicht ernst; in der Tat, er ist nahe daran zu kichern. Schnell – wir brauchen einen Ersatz! Hastig verwandelt George Kenny in den großen blonden Jüngling vom Tennisplatz. Oh, viel besser! Hervorragend! Jetzt können sie sich umschlingen. Jetzt kann das hitzige, heiße, animalische Spiel beginnen. George schwebt über ihnen und beobachtet sie; dann fängt er an, ihre zuckenden, keuchenden Leiber bald von dieser, bald von jener Seite her zu umkreisen. Er ist einer von beiden und beide zugleich. Ah, tut das gut! Ah – ah ...!

Du alter Idiot, sagt ihm sein Verstand. Aber er schämt sich nicht. Er redet dem nun erschlafften und schwitzenden Körper gut zu, wie man einem gefräßigen alten Hund nachsichtig zuredet, der gerade einen zu großen Brocken Fleisch verschluckt hat.

Und jetzt, bitte schön, laß uns endlich schlafen. Seine Hand sucht unter dem Kopfkissen nach einem Taschentuch, trocknet seinen Bauch. Während die erste leichte Welle Schlaf ihn umspült, stellt er sich die Frage: Muß ich Kennys Blicken am Montag im Unterricht ausweichen?

Nein, nicht im geringsten. Selbst wenn er Lois erzählt haben sollte (was ich bezweifeln möchte): Ich habe ihn ausziehen müssen, habe ihn ins Bett gepackt, so blau war er; denn dann muß er ihr auch vom Baden erzählen: Du hättest ihn im Wasser sehen sollen – wie ein großer Junge! Eigentlich sollte man Sie überhaupt nicht allein rauslassen, habe ich zu ihm gesagt.

Selbstzufrieden lächelt George übers ganze Gesicht. Ja, ich *bin* verrückt, denkt er. Hier liegt mein Geheimnis, meine Stärke.

Und ich werde noch viel verrückter werden, kündigt er an. Paßt nur auf, ihr alle miteinander! Wißt ihr schon das Neueste? Zu Weihnachten fliege ich nach Mexiko! Was – das traut ihr mir nicht zu? Gleich morgen früh werde ich einen Flug buchen!

Und immer noch lächelnd, schläft er ein.

Dann wieder teilweises Auftauchen, teilweises An-die-Oberfläche-Kommen, was aber die in Bettücher gehüllte Stille des Wassers kaum durchbricht. Das Meiste von George verbleibt in Schlaf getaucht.

Nur das Gehirn, von den Wassern des Schlafes spärlich umspült, arbeitet im Innern des Schädels auf dem Kopfkissen auf geheimnisvolle Weise weiter; wenn auch nicht so wie bei Tage. Jetzt ist es unfähig, Entschlüsse zu fassen. Vielleicht aber kann es gerade aus diesem Grunde und in diesem Zustand gewisse Entschlüsse wahrnehmen, die anscheinend noch nicht getroffen wurden. Entschlüsse, die wie Testamentsnachträge, insgeheim aufgesetzt, unterschrieben und beglaubigt werden, um dann so lange unter Verschluß aufbewahrt zu werden, bis die Stunde ihrer Ausführung gekommen ist.

Bei Tageslicht betrachtet, würde George diese Entschlüsse unter Umständen sogar in Frage stellen; doch es wird ihm nicht gestattet sein, sich am nächsten Morgen an sie zu erinnern.

Was wird, wenn Kenny Angst bekommen hat? Wenn er nicht mehr wiederkommt?

Dann soll er wegbleiben. George braucht weder ihn noch irgendeinen anderen von diesen Knaben. Er ist nicht auf der Suche nach einem Sohn.

Was soll werden, wenn Charlotte nach England zurückkehrt?

Wenn es sein muß, kann er auch ohne sie auskommen. Er braucht keine Schwester.

Wird George nach England zurückkehren?

Nein – der bleibt hier.

Jims wegen?

Nein – Jim gehört jetzt der Vergangenheit an. Er nützt George nichts mehr.

Aber George denkt doch so treu an ihn?

Diese Erinnerung schafft sich George selber, denn er hat Angst vor dem Vergessen. Er sagt sich: Jim ist mein Leben. Doch wenn er weiterleben will, muß er vergessen. Jim ist der Tod.

Warum will George dann hierbleiben?

Weil er hier Jim gefunden hat. Er glaubt, hier einen zweiten Jim zu finden. Bewußt ist es ihm zwar nicht, aber mit der Suche hat er schon begonnen.

Wieso glaubt George, daß er ihn finden wird?

Er weiß nur, daß er ihn finden muß. Er glaubt es, weil ihm nichts anderes übrigbleibt.

Aber George wird immer älter. Wird es nicht bald zu spät sein?

Sprich nur nicht in solchen Worten zu George. Da hört er nicht hin, da wagt er nicht hinzuhören. Verdammte Zukunft. Die gehört Kenny und den Jungen, und Charley soll ihre Vergangenheit behalten. George klammert sich nur an das Jetzt. Darum muß er jetzt einen zweiten Jim finden, muß jetzt lieben, jetzt leben...

Hier haben wir nun diesen Körper, allen bekannt als Georges Körper, der jetzt schläft und laut schnarchend auf diesem Bett liegt. Die Feuchtigkeit der Meeresluft wirkt auf seine Stirnhöhle ein; dazu kommt, daß er, wenn er zuviel getrunken hat, besonders laut schnarcht. Jim pflegte ihn dann wachzurütteln, auf die Seite zu drehen, oder er verließ manchmal wutentbrannt sein Bett, um im Vorderzimmer weiterzuschlafen.

Aber ist das alles, was von George vorhanden ist?

An der Küste, einige Meilen nördlich, gibt es in einem Lavakrater unterhalb der Kliffs zahlreiche Tümpel im Gestein. Bei Ebbe sind sie zugänglich. Jeder Tümpel liegt für sich und ist anders beschaffen. Mit ein wenig Phantasie kann man ihnen eigene Namen geben wie zum Beispiel George, Charlotte, Kenny, Mrs. Strunk. Und geradeso wie man sich George und die anderen gemeinhin als individuelle Wesen vorstellt, kann man sich einen solchen Tümpel als Wesen vorstellen; obwohl er es natürlich nicht ist. In den Gewässern seines Bewußtseins – um es so zu bezeichnen – wimmelt es von sich jagenden Ängsten, gefräßigen Mäulern, plötzlich hervorschießenden Eingebungen, mürrisch verkrusteten alten Starrsinnigkeiten, in der Tiefe schlummernden unentdeckten Geheimnissen, lauter unheimlichen vielgestaltigen Organismen, die auf rätselhafte, möglicherweise Gefahr kündende Weise zum Licht der Oberfläche streben. Wie kann eine solche Vielfalt von Geschöpfen überhaupt nebeneinander existieren? Weil sie nicht anders können, denn ihre Welt wird zusammengehalten vom Felsgestein des Tümpels, und eine andere Welt kennen sie nicht, solange das Tageslicht der Ebbe herrscht.

Schließlich aber endet der lange Tag und weicht der Nacht der Flut. Und geradeso wie die Wasser des Ozeans heranfluten und die Tümpel mit Dunkelheit überziehen, so überkommen George und die anderen Schlafenden die Wasser jenes anderen Meeres – nämlich jenes Bewußtseins, das recht eigentlich keines ist, doch alles und jedes umfaßt, Vergangenes, Gegenwärtiges, Zukünftiges, und das sich ununterbrochen ausdehnt bis in die Weite des Alls. Wir dürfen mit Sicherheit annehmen, daß im Dunkel der Flut so manches dieser Geschöpfe aus seinem Tümpel emporgetragen und weit, weit über die Tiefseegewässer abgetrieben wird. Aber bringen sie je, wenn das Tageslicht der Ebbe wiederkehrt, irgendeine Beute mit? Können sie uns in irgendeiner Weise von ihrer Reise berichten? Gibt es für sie in der Tat etwas zu berichten – außer, daß die Wasser des Meeres auch nicht anders als die Wasser des Tümpels sind?

Im Innern dieses Körpers auf dem Bett arbeitet die große Pumpe unermüdlich. Überall an diesem ruhig pulsierenden Mechanismus nimmt die Skelett-Crew winzige Regulierungen vor. Von dem, was sich oben im Kopf abspielt, weiß sie nichts. Sie reagiert nur auf Alarmsignale, falsche Alarme zumeist. Im übervorsichtigen Gehirnstamm blinken rote Lichter auf, denen vom Befehlsstand des Cortex durch grüne kurz widersprochen wird. Doch nun arbeiten die Kontrollvorrichtungen automatisch. Der Cortex schlummert; der Gehirnstamm registriert einen gelegentlichen Alpdruck. Alles scheint für einen routinemäßigen Ablauf von jetzt bis morgen früh geregelt. Alles spricht gegen einen Unglücksfall. Das Sicherungssystem dieser Maschinerie ist hervorragend.

Doch nehmen wir einmal an...

Nehmen wir jenen besonderen Augenblick, der Jahre zurückliegt, als George in die *Starboard Side* hineinschlenderte und zum ersten Male Jim bemerkte, der noch nicht abgemustert hatte und in seiner Marineuniform unbeschreiblich gut aussah. Nehmen wir ferner an, daß damals bei George in einer der größeren Herzarterien ein kaum wahrnehmbarer Prozeß einsetzte. Durch irgendwelche Umstände – kein Arzt kann uns Genaueres darüber sagen – fangen die inneren Gefäßwände an, sich aufzurauhen und auf der aufgerauhten Oberfläche des geschmeidigen Endothels beginnen sich nach und nach Kalkatome abzulagern... So wird langsam und unsichtbar, in größter Verschwiegenheit und ohne den geringsten Hinweis an die alten Aufpasser, im Gehirn eine melodramatische Situation geschaffen: es bildet sich ein Atherom.

Nehmen wir dies nur einmal an. (Der Körper auf dem Bett schnarcht immer noch.) Es ist höchst unwahrscheinlich. Tausend zu eins könnte man wetten, daß nichts passiert, weder in dieser noch in einer anderen Nacht. Und doch *könnte* es, durchaus möglich, innerhalb der nächsten fünf Minuten geschehen.

Gut – nehmen wir also an, dies sei die Nacht, die Stunde, die vorbestimmte Minute.

Jetzt –

Der Körper auf dem Bett rührt sich leicht; aber er schreit nicht auf, wacht nicht auf, er zeigt keinerlei Anzeichen des plötzlichen, vernichtenden Schlages. Mit der Geschwindigkeit eines indianischen Würgegriffs werden Cortex und Gehirnstamm ermordet. Das Herz, von der Sauerstoffzufuhr abgedrosselt, preßt sich zusammen und steht still. Die Lungen laufen leer, ihre Energie ist abgeschnitten. Überall im Körper ziehen sich die Arterien zusammen. Wäre diese Unterbrechung nicht absolut gewesen, hätte sich die Abschnürung in einer der kleineren Arterienzweige ereignet, wäre die Skelett-Crew mit ihr fertiggeworden; sie kann wahre Wunder der Ingenieurkunst vollbringen. Bei genügend Zeit hätte sie eine Umgehungsstraße bauen, Seitenkanäle ausfurchen und die beschädigte Stelle mit einer Narbe versiegeln können. Aber dazu bleibt keine Zeit mehr, sie stirbt ohne vorherige Warnung auf ihrem Posten.

Einige Minuten lang vielleicht flackert in den Körpergeweben entlegener Regionen noch Leben. Dann gehen die Lichter aus, eines nach dem anderen, und es herrscht totale Finsternis. Sollte in diesem Augenblick des Endschlags von dem Nichts, das wir George nannten, irgendein Teil abwesend gewesen sein und tatsächlich weit draußen über den tiefen Wassern geschwebt haben, dann wird es jetzt heimatlos sein. Denn dem, was dort geräuschlos auf dem Bett liegt, kann es sich nicht mehr zugesellen. Das ist jetzt dem Müll in der Tonne hinter dem Haus verwandt. Beides muß abtransportiert und beseitigt werden, ehe es zu spät ist.

Nachwort

In der knapp kalkulierten Spanne eines einzigen Tages seziert Christopher Isherwood die Situation eines Mannes, der in die Jahre gekommen ist. In diesem einen Tag verdichtet sich die Biographie eines 58jährigen, dessen Wunsch nach Liebe und Sexualität wegen seines Alters nur schwer zu verwirklichen ist, dem nichts geblieben scheint als die Erinnerung an seinen toten Freund.

Die Idee, uns die Innenwelt eines fremden Menschen in nicht einmal 24 Stunden zu erschließen, birgt das Wissen des Autors um die Bedeutung der Zeit. Dieses Wissen teilt Isherwood mit George, dem Produkt seiner Phantasie, das zugleich die Summe seiner Erfahrungen verkörpert.

Gerade weil die Gegenwart ohne die Vergangenheit nicht zu erklären ist und das Leben erst durch das Erlebte begreifbar wird, lenkt Isherwood den Blick auf die Gegenwart, auf das Jetzt. Denn die Vergangenheit, diese mächtige Falle des Alters, ist nur ein Synonym für die bereits abgelaufene Zeit. Und die Zeit läuft weiter, immer schneller. Vorbei sind die Jahre des lässigen Umgangs mit ihr. Alles reduziert sich nun auf die Frage, wieviel Stunden, Tage, ja vielleicht sogar Jahre George noch bleiben. Aber er denkt nicht daran, sich aufzugeben, er will nicht in der Vergangenheit leben, er nimmt den Wettlauf mit der Zeit auf.

Jeder neuer Tag, jedes Erwachen symbolisiert für ihn die Gegenwart, ein Jetzt, das »ich lebe« heißt. Aber Isherwood weiß, daß die Nacht kommt, und so wird der Schlaf zur Metapher für ein anderes Jetzt, der Auflösung des Individuums in Raum und Zeit. Ein Jetzt, das den Tod meint. Dadurch ist das Tempo vorgegeben, und so droht zwischen beiden Polen, dem Anfang und dem Ende, ein Zustand des Gehetztseins, der nur durch die präzise Organisation des Tagesablaufs in Schach gehalten wird.

Wenn George nach dem Erwachen zu sich kommt und Stück für Stück seiner Identität zusammenfügt, findet er sich in einer Gegenwart wieder, die im gleichen Augenblick schon von der Vergangenheit eingeholt wird. Den Vorgang des Aufstehens begleitet nämlich nicht nur ein Erkennen, sondern auch ein Erinnern. Dem »ich bin« folgt sogleich ein »ohne Beziehung«.

So wie der Spiegel im Badezimmer die zurückliegenden Lebensphasen reflektiert, die sich an seinem Gesicht ablesen lassen, definiert die *Leere* des Hauses seinen inneren Zustand. Denn George ist ein »single man«, so der amerikanische Titel, ein Mann ohne Beziehung. Und er ahnt, daß es nach dem Tode seines Freundes eine vergleichbare Partnerschaft vielleicht nicht mehr geben wird.

Der Begriff »single man« transportiert aber auch die Möglichkeit der Umschreibung. Er gestattet den Nachbarn, den Kollegen, den Studenten, ja selbst Charlottte, der langjährigen Freundin, seine Homosexualität zu ignorieren. Sie wird George zwar auf diese Weise zugeordnet, aber er nimmt diese Form der Neutralisierung nicht hin. Er besteht auf der Differenz, weil nur sie die Chance bietet, eine eigene Identität zu entwickeln.

Diese Dissonanz in den Beziehungen zwischen Innen- und Außenwelt spürt Isherwood auf, wenn er den weiteren Verlauf des Tages beschreibt. George weiß, daß er je nach Ort und Zeit in unterschiedliche Rollen schlüpfen wird. Er weiß, daß die Menschen, denen er begegnen wird, nur bestimmte Facetten seiner Persönlichkeit abrufen werden. Denn sie nehmen ihn nur über ihre eigenen Erwartungen wahr. George funktioniert für sie nur als Projektion.

Was ihn wirklich bewegt, seine Einsamkeit, seine Lebenslust, seine Homosexualität, bleibt ihnen deshalb verschlossen. Aus der Vielfalt und Komplexität seiner Persönlichkeit schälen sie sich nur die Aspekte heraus, die für sie selbst von Bedeutung sind. Insofern befindet sich George in einem hermetischen Raum, aber es ist nicht er, der sich versagt, es ist die Außenwelt, die an ihm versagt. Und doch sucht er den Kontakt mir ihr. Seine Aktivität ist nicht nur ein Konzept gegen die Vergangenheit, sie soll auch die in ihm lauernde Panik eindämmen, denn im Hintergrund mahnt die Zeit.

Die Weigerung seiner Umwelt, sich mit seiner Homosexualität auseinanderzusetzen, bestimmt aber auch seine Überlegenheit. Denn er weiß mehr über die anderen, als diese über ihn und damit über sich selbst. Dieser Unterschied beschreibt seine Position. George bleibt ein Außenseiter, ein Einzelgänger. Im Grunde ist er ohne Heimat. Und weil er lieben will, kann er auch hassen. Aber nur für den Augenblick eines Tagtraums. Sobald er sich auf das fremde Territorium der Heterosexualität begibt, schlüpft er in die Rolle, die dort für ihn bereitgehalten wird.

Die Bewohner dieses Gebiets sprechen nur über sich. Wenn George ihnen zuhört, taucht er gleichzeitig in die Innenwelt seiner Gedanken ab, aber er bringt sie nicht zur Sprache. So ist er zugleich bei sich und außer sich. Nur einmal, im Hörsaal, scheint er diese Kluft zu durchbrechen, wenn er über den Umgang der Mehrheit mit der Minderheit doziert. Aber er überschreitet die Grenze nicht, auch nicht, wenn er nachts Kenny, einen seiner Studenten, trifft und mit nach Hause nimmt.

Das Auseinanderfallen, die Divergenz seiner Persönlichkeit erlebt George durchaus selbstbewußt und nicht ohne Humor. Ohne Sentimentalität, eher nüchtern, tastet er sich in die Gegenwart. Doch vor dem Wunsch nach einer neuen Beziehung steht das Alter, diese in Zahlen gegossene Formel seines Lebens. Aber wer ist bereit und fähig, sie zu entschlüsseln? Der nicht mehr junge Körper sagt ja nichts aus über die Kraft, die Freude, die Lust, den Übermut und die Verrücktheit, die in ihm steckt. Und wie soll George der Vergangenheit entkommen, wenn die anderen ihn immer mit ihr verbinden?

Dieser Konflikt zwischen inneren Wünschen und äußeren Möglichkeiten wird noch verschärft durch die Tatsache, daß das Objekt seiner Liebe männlich ist. Erst in der Nacht, im Bett, wenn er die Eindrücke des Tages sortiert und zu erotischen Bildern zusammenfügt, beginnt sich die Distanz zur Außenwelt aufzulösen. Aber nur für den kurzen Moment der Masturbationsphantasie. Beinahe versöhnt, schläft er ein.

Christopher Isherwood, der sich selbst als *Sexualrebell* bezeichnete, reflektierte mit den Mitteln des Romans immer auch seine eigenen Erfahrungen. Aus seiner Homosexualität entwickelten sich seine grundlegenden Themen: die Einsamkeit und die Trennung, die Vielfalt einer Persönlichkeit, und die Suche des Individuums nach einer Heimat. Im Grunde sehnte er sich immer nach einer Lebensalternative, jenseits von Establishment, Autorität und Familie. Er verstand sich als Außenseiter, dessen Homosexualität die Triebfeder seines politischen Handelns war. Als überzeugter Pazifist fand er zwar seinen Platz im breiten Spektrum linker Politik, aber er moralisierte nie und haßte Dogmen aller Art. Er war immer eher an Personen und ihren Schicksalen interessiert als an Parolen und Programmen.

Isherwoods Sexualität und vielleicht auch seine aristokratische Herkunft und sein literarisches Talent machten ihn zum Outsider in einer so klassenbewußten Gesellschaft wie der Englands. Er wandte sich gegen die vertraute und gemütliche Idylle in Cambridge und gegen die etablierte Londoner Literaturwelt. Dem bequemen Leben in England zog er deshalb das Berlin der dreißiger Jahre vor. Dort entdeckte er eine Welt, die absolut anders war als die engstirnige englische Gesellschaft. Hier schienen alle Einschränkungen, die England für ihn repräsentierte, wie weggeblasen. Diese Stadt bedeutete seinen sexuellen und geistigen Aufbruch.

Als er 1929 sein Medizinstudium in Cambridge abbrach und nach Berlin ging, ahnte er nicht, daß er mit seinen »Berlin Stories« weltberühmt werden sollte. Er hatte zwar schon mit 24 Jahren seinen ersten Roman in London veröffentlicht, ›All the Conspirators‹ (1928), aber mit eher mäßigem Erfolg. Dieser stellte sich erst mit seinen Berlin-Romanen ein, die von Leonard und Virginia Woolf verlegt wurden – ›Mr. Norris steigt um‹ (1935) und ›Leb wohl Berlin‹ (1939).

1934 verließ Isherwood Deutschland und zog ruhelos durch Europa: Griechenland, Spanien, Portugal, Dänemark, Holland, Belgien und Frankreich. Nachdem er 1938 zusammen mit W. H. Auden während der japanischen Invasion China bereist hatte, wanderte er 1939 in die Vereinigten Staaten aus. Er ließ sich in Los Angeles nieder und begann dort, neben seinen literarischen Arbeiten, eine Karriere in Hollywood – als Verfasser von Drehbüchern. 1946 wurde er amerikanischer Staatsbürger, sieben Jahre später begegnete er Don Bachardy, seinem Lebensgefährten. Der ›Einzelgänger‹ entstand 1964. Insgesamt veröffentlichte er, neben Theaterstücken, Reisetagebüchern und autobiographischen Werken, neun Romane. Er starb 1986 in Santa Monica, seinem Wohnsitz in Kalifornien.

Christopher Isherwood, der zur jungen englischen Literatur-Elite der dreißiger Jahre gehörte, erinnert mit seinem Stil an die »Neue Sachlichkeit«, zu deren bekanntesten Vertretern Bert Brecht, Erich Kästner, Alfred Döblin, Arnold Zweig und Heinrich Mann zählten. Ein neutraler, lakonischer Erzähler führt uns mit Witz und filmischer Genauigkeit in eine Geschichte, deren Bindeglied zwischen Realität und Fiktion der Autor selbst ist. Isherwood erfand sozusagen Isherwood. Mit seinen Momentaufnahmen registrierte er lediglich die Entwicklung seiner Protagonisten und die historischen Ereignisse, das Urteil aber überläßt er dem Leser. Wenn er in ›Leb wohl Berlin‹ schreibt: »Ich bin eine Kamera mit offenem Verschluß, ganz passiv, ich registriere, ich denke nicht«, dann eröffnete er damit ein neues Kapitel in der Geschichte der Literatur.

Leben war für Isherwood, wie seine Romane, die dies reflektieren, Gegenstand einer ständigen Überprüfung, war eine unermüdliche Suche nach der Wahrheit, der er sich verpflichtet fühlte. Und die Wahrnehmung der Realität ändert sich so wie die Entwicklung einer Persönlichkeit. Dementsprechend wechselten die verschiedenen Rollen, die Isherwood in seinen Romanen spielt. Als William Bradshaw in ›Mr. Norris steigt um‹, als Herr Issyvoo in ›Leb wohl Berlin‹, als George in ›Der Einzelgänger‹ und schließlich als Christopher in seinen Erinnerungen ›Christopher and his Kind‹. Immer ist er derselbe scheinbar harmlose Erzähler, und doch ist es immer ein anderer Isherwood, dessen Lebenserfahrung und damit die Beurteilung der Ereignisse sich im Verlauf der Jahre veränderten.

Er selbst empfand diese Romantechnik als Bestandteil seiner Lebensphilosophie: »Meine Vedanta-Religion ermutigt mich zu glauben, daß es nicht nur einen einzigen wirklichen Christopher Isherwood gibt. Davon gibt es viele, und alle sind gleichwertig, die wirklichen und die unwirklichen.« Alle Christopher Isherwoods sind in seinen Romanen stets die Brücke zwischen der erlebten Realität und der abstrakten Phantasie. Der Autor selbst wird zum Medium seiner eigenen Erfahrungen. Darin liegt auch die Schwierigkeit eines Biographen, der in Isherwood seinen stärksten Rivalen gefunden hat. Denn dieser durchforstete immer wieder die Ereignisse und Konflikte seines eigenen Lebens.

Während er in seinen frühen Romanen den neutralen Erzähler für seine Technik benutzte, pittoreske Menschen zu porträtieren, gab er mit der Zeit diese Neutralität seiner Person auf und entwickelte schließlich ihren Charakter. Isherwood verschmolz immer mehr mit seinem Protagonisten, den er gleichzeitig vom Augenzeugen zum Akteur transformierte. Er rückte ihn ins Zentrum des Geschehens wie in seinem Roman ›Der Einzelgänger‹, oder er entschlüsselte seinen realen und fiktiven Körper wie in seinen Memoiren ›Christopher and his Kind‹, die 1976 erschienen sind. Diese Erinnerungen schrieb Isherwood in der dritten Person, dadurch entstanden zwei Christopher: der Biograph wurde zum Gegenstand der Biographie. Mit diesem Kunstgriff dechiffrierte er den Mikrokosmos seiner Berlin-Romane. Und jenseits der fiktiven Gestalten dieser künstlichen Welt entstand eine neue, eine reale Figur, die des Autors.

Wenn ein Kritiker aber meint, daß der späte Isherwood sogar besser sei als der frühe, weil er nicht mehr länger der anonyme Erzähler sei und Gefühle wie Zorn und Betroffenheit zeige, dann übersieht er den Anspruch der Vorkriegsromane, in denen Isherwood mit Vorliebe politische und sexuelle Außenseiter porträtierte. Gerade mit seiner Neutralität gelang es ihm, daß der Leser, vielleicht gegen seine Überzeugung, die Personen liebgewann, die er wegen ihrer »Monströsität« hätte ablehnen müssen.

Isherwood selbst verteidigte diese Neutralität in einem Gespräch: »Wäre der Erzähler damals, in dieser Zeit, so etwas Ungewöhnliches wie ein Homosexueller gewesen, hätte es ihn zu interessant gemacht und ich hätte seine Homosexualität entschuldigen müssen. Ich hätte einen Star aus ihm gemacht anstelle eines Bindeglieds. Das ist ein gültiger literarischer Grund, denn das ist eine andere Art zu schreiben. Aber ich muß auch zugeben, daß es mich sehr merkwürdig berührt hätte, eine homosexuelle Romanfigur zu schaffen und ihr meinen Namen zu geben.« Erst Jahrzehnte später war es möglich, dieses Thema selbstbewußt und ohne weitere Erklärungen in einem Roman zu verarbeiten und diesen dann auch zu veröffentlichen.

Dennoch ist der ›Einzelgänger‹ kein Buch über die Homosexualität, obwohl sie das Denken und Handeln des Protagonisten George prägt. Dieser Roman, den Isherwood als sein Meisterwerk bezeichnete, handelt vielmehr von einem Menschen, der den Zenit des Lebens bereits überschritten hat und sich dennoch nicht aufgeben will. Sein Alter und der Verlust seines langjährigen Partners sind der eigentliche Gegenstand der literarischen Analyse. In diesem Motiv ist gleichzeitig die Absicht des Autors verwoben, uns die Sinne zu schärfen für die Differenz des anderen, diese zu begreifen und zu akzeptieren.

Gerhard Hoffmann

Botho Strauß im dtv

Foto: Isolde Ohlbaum

Die Widmung

Von seiner Freundin verlassen, schreibt Richard die »Biographie seiner leeren Stunden«. dtv 10248

Paare, Passanten

Botho Strauß packt unser Leben an seinen heikelsten, öffentlichsten und zugleich intimsten Punkten. dtv 10250

Kalldewey
Farce

Ein Stück um Liebe und Tod, Flucht und Angriff, Traum und Realität, Wahnsinn und Therapie. dtv 10346

Der Park
Schauspiel

Die bundesdeutsche Gesellschaft wird von den erotischen Gottheiten aus Shakespeares »Sommernachtstraum« heimgesucht. dtv 10396

Triologie des Wiedersehens
Groß und klein

Zwei klassische Theaterstücke der siebziger Jahre. dtv 10469

Rumor

Die Lebenskrise eines Intellektuellen, der zum trunksüchtigen Narren wird. dtv 10488

Die Hypochonder/Bekannte Gesichter, gemischte Gefühle
Zwei Theaterstücke. dtv 10549

Der junge Mann

Ein postmodernes Erzählwerk in der Tradition des deutschen Entwicklungsromans, intelligent, gewagt und umstritten. dtv 10774

Die Fremdenführerin
Stück in zwei Akten

Ein ungleiches Paar verbirgt sich an einem Ort, wo die alltäglichen Gesetze des Zusammenlebens für einen heißen Sommer lang nicht gelten sollen. dtv 10943

Niemand anderes

Unsentimental und einfühlsam skizziert Botho Strauß unspektakuläre, doch für den einzelnen zentrale Alltagsbegebenheiten. dtv 11236

Besucher
Komödie

Ein großer Mime probt mit einem jungen Schauspieler, der ihn mit seiner ungebrochenen Verehrung nervt. Beide fallen aus der Rolle und aus ihren Rollen. dtv 11307

Marlenes Schwester
Zwei Erzählungen
dtv 6314

Julien Green
im dtv

Foto: Isolde Ohlbaum

Junge Jahre
Autobiographie

Aufgewachsen zwischen zwei Kulturen, früh vom Tod seiner Mutter betroffen, mit siebzehn als Kriegsfreiwilliger schon an der Front, sucht ein ebenso sensibler wie arroganter junger Mann seinen Weg ... dtv 10940

Jugend
Autobiographie 1919 – 1930

In Amerika, dem Land seiner Väter, erhält der junge Julien Green den Schlüssel zu seinen geheimen Wünschen und Sehnsüchten. Doch das Bewußtwerden seiner homoerotischen Neigungen stürzt ihn in eine tiefe Krise. dtv 11068

Paris

In 19 Abschnitten streift Green durch die verschiedensten Viertel der Stadt, besucht Museen und Straßen, erlebt Jahreszeiten und Gesichter. dtv 10997

Leviathan

Als Gueret begreift, daß die »Liebe« der hübschen Angèle durchaus zu erlangen ist und daß zahlreiche Männer von dieser Möglichkeit Gebrauch machen, gerät er außer sich ... dtv 11131

Von fernen Ländern

Elisabeths Begegnung mit Jonathan, einem unberechenbaren Abenteurer und Frauenhelden, weckt unerfüllbare Wünsche in ihr. Aus dem verträumten Mädchen wird eine leidenschaftliche, zielstrebige junge Frau. dtv 11198

Meine Städte
Ein Reisetagebuch
1920 – 1984

Julien Greens Städte besitzen eine zusätzliche Dimension; die Einbildungskraft eines Dichters sorgt für Entdeckungen, die kein Reiseführer zu bieten hat.
dtv 11209

Der andere Schlaf

Die Erinnerungen eines Arztsohnes an seine Jugendtage in Paris, die verhaltene Geschichte einer ausklingenden Kindheit und einer Knabenliebe.
dtv 11217

Mont-Cinère

Ein Anwesen in der Nähe von Washington wird Gegenstand einer alles verzehrenden Leidenschaft: Der Geiz ergreift langsam von all seinen Bewohnern Besitz.
dtv 11234

André Gide im dtv

Die Falschmünzer

Paris zu Beginn dieses Jahrhunderts. Eine Gruppe junger Gymnasiasten hat sich zu einem literarischen Zirkel zusammengeschlossen, um der großbürgerlichen Scheinwelt der Eltern entfliehen zu können. Die geistreiche Eleganz ihrer älteren schriftstellerischen Vorbilder erweist sich als verführerische Droge. Aber es geht nicht nur um intellektuelle Falschmünzerei. Einige Schüler werden bei der Verbreitung von Falschgeld ertappt...
dtv 1749

Die Verliese des Vatikan

Gegen Ende des letzten Jahrhunderts kommt im Süden von Frankreich das Gerücht auf, Papst Leo XIII. sei von internationalen Verschwörern entführt worden und werde in Rom gefangengehalten, während zum Schaden der katholischen Christenheit ein Doppelgänger den Stuhl Petri besetzt habe. Ein Apotheker aus Pau macht sich als moderner »Kreuzritter« auf den Weg und wird im Schnellzug von Rom nach Neapel von einem jungen Abenteurer ermordet. Ein grotesk-satirischer Schelmen- und Kriminalroman. dtv 1750

Die Schule der Frauen
Erzählungen

Die Stellung der Frau in Ehe und Gesellschaft und der Kampf um die Freiheit ihrer Persönlichkeit stehen im Mittelpunkt dieser drei zusammenhängenden, nun schon klassischen psychologischen Erzählungen: Das Tagebuch einer jungen Frau, die am raffinierten Egoismus ihres Mannes zerbricht; sein Versuch einer Rechtfertigung; und die Stellungnahme der inzwischen erwachsenen Tochter zu den Ereignissen.
dtv 1751

Thomas Bernhard im dtv

Die Ursache
Eine Andeutung
»Thomas Bernhard schildert die Jahre 1943 bis 1946, als er eine drückende, geistabtötende, zuerst nationalsozialistische, dann katholische Internatszeit erlebte ... Wenn etwas aus diesem Werk zu lernen wäre, dann ist es eine absolute Wahrhaftigkeit.« (Frankfurter Allgemeine Zeitung)
dtv 1299

Der Keller
Eine Entziehung
Die unmittelbare autobiographische Weiterführung seiner Jugenderinnerungen aus ›Die Ursache‹. Der Bericht setzt an dem Morgen ein, als der sechzehnjährige Gymnasiast auf dem Schulweg spontan beschließt, sich seinem bisherigen, verhaßten, weil sinnlos erscheinenden Leben zu entziehen, indem er »die entgegengesetzte Richtung« einschlägt und sich im Keller, einem Kolonialwarenladen, eine Lehrstelle verschafft ...
dtv 1426

Der Atem
Eine Entscheidung
»In der Sterbekammer bringt sich der junge Thomas Bernhard selber zur Welt, auch als unerbittlichen Beobachter, analytischen Denker, als realistischen Schriftsteller. Aus dem Totenbett befreit er sich, in einem energischen Willensakt, ins zweite Leben.« (Die Zeit)
dtv 1610

Foto: Isolde Ohlbaum

Die Kälte
Eine Isolation
Mit der Einweisung in die Lungenheilstätte Grafenhof endet der dritte Teil von Thomas Bernhards Jugenderinnerungen, und ein neues Kapitel in der Lebens- und Leidensgeschichte des Achtzehnjährigen beginnt. Bis schließlich sein Lebenswille die Oberhand gewinnt, bedarf es vieler schmerzhafter Erfahrungen.
dtv 10307

Ein Kind
Die Schande einer unehelichen Geburt, die Alltagssorgen der Mutter und ihr ständiger Vorwurf: »Du hast mein Leben zerstört« überschatten Thomas Bernhards Kindheitsjahre. »Nur aus Liebe zum Großvater habe ich mich in meiner Kindheit nicht umgebracht« bekennt Bernhard rückblickend auf jene Zeit.
dtv 10385

Christopher Isherwood at.
824 Thir Street Santa Moni
May 19